강이라
소설집

웰컴 문래

웰컴, 문래

와이, 키키를 처음 만난 곳은 서울, 문래동이었다. 문래동은 한강의 남쪽, 서울의 서쪽에 있다. 지하철 2호선을 타고 가다 영등포구청역과 신도림역 사이에서 내리면 된다. 한강과 안양천, 도림천을 모두 끼고 있어 물이 많은 동네로 조선시대에는 이 일대가 늪이었다고 한다. 일제강점기에는 방적 공장이, 해방 후에는 철공소가 밀집하며 솜먼지와 철 가루가 분분했던 이곳에 10여 년 전부터 가난한 예술가들이 하나둘 모여들었다. 와이와 키키가 그랬고 나도 그랬다.

마지막 골목까지 빠져나오자 막다른 길이었다. 뒤처진 캐리어

두 개를 당겨 바로 세웠다. 나는 뻐근한 어깨를 안과 밖으로 느리게 한 번씩 돌렸다. 폭설이 지나간 다음 날이어서 몹시 추웠다. 다행히 볕 자리와 눈 자리의 경계가 분명해서 질척거리는 곳은 없었다. 왼쪽에 목적지가 있습니다. 휴대폰의 내비게이션이 뒤늦은 도착 알림과 함께 종료 여부를 물었다. 나는 주머니에서 휴대폰을 꺼내 종료 버튼을 누르고 막다른 길을 보았다. 벽 앞으로 크고 작은 눈사람 네 개가 서 있었다. 모두 나무로 만든 모자를 쓰고 있었다. 눈을 기다리고 있어. 처음 만난 날, 창밖을 내다보며 이 말을 했던 사람이 와이였던가 키키였던가. 연유처럼 부드러운 발음이었는데. 골목의 눈을 열심히 쓸어 모았을 와이와 키키. 예술가라 그런가. 소모적인 일에 열성을 다하는군. 나는 내 허리 높이의 눈사람을 향해 손을 뻗었다. 톡. 손가락 끝이 무언가에 부딪쳐 구부러졌다. 매끈하고 투명한 유리였다. 눈사람 형태의 크고 작은 유리 볼 오너먼트. 투명한 유리볼 안에 꼭꼭 눌러 담듯 쌓인 눈. 키키의 작품이었다. 꽤 창의적이군. 문래라서 그런 걸까.

풍경이 울렸다. 돌아보니 와이가 열린 문의 손잡이를 잡고 서 있었다. 마른 어깨 위로 걸친 플리스 집업이 헐렁했다. 목공예를 합니다. 와이의 짧은 자기소개를 들으며 나는 자작나무를 떠올렸었다. 곁가지가 적은 자작나무는 숲을 이루어도 울울하지 않다. 비껴 자란 나무 같은 와이에게선 침엽수림을 지나는 키 큰 바람이 불었다. 상반신만 내밀고 골목 끝을 살피던 키키가 뒤늦게 나를 발견하고는 폴짝 문틀을 뛰어넘었다. 얇고 가벼운 몸이었다. 카키색 터틀넥 스웨터 밑으로 드러난 가슴 라인이 밋밋했다. 키키는 브래지어를 입지 않았다. 계절과 상관없이 노브라였다. 둘은 성별이 달랐지만 같은 크림색 코르덴바지에 무심하게 뻗친 검정 커트 머리, 낡았지만 더럽지는 않은 광목 앞치마까지 비슷한 차림새였다. 와이와 키키는 와이키키 해변에서 처음 만났다.

와이와 키키는 나를 문래란 별명으로 불렀다. 문래에서 처음 만났으니까. 키키가 말했다. 나는 그들이 단박에 좋아졌다. 그리고 이내 둘 중 하나를 사랑하게 되었다. 내 고백에 와이와 키키는 함께 기뻐했다. 둘은 서로의 손을 잡으며 남은 손을 내게 내밀었다.

키키도 네가 좋대. 우리는 너를 원해.

나는 그 손을 잡지 않았다. 한 달 후, 나는 문래동을 떠났다.

2년 전 겨울의 일이었다.

문래역에 내려 7번 출구로 나오자 코트 아래로 바람이 일었다. 밥솥에 오래 묵힌 밥처럼 바람은 미지근했다. 건너편 근린공원 위로 바짝 내려앉은 눈구름이 무거워 보였다. 화이트 크리스마스가 예보된 24일이었다. 성탄 시즌인데도 역 주위는 한적했다. 원래부터 번잡한 동네도 아니었지만 날이 좋은 주말에는 사람들이 꽤 몰렸다. 데이트하는 연인들이 대부분이었고 예술을 하는 사람들이 나머지였다. 예술을 하든 사랑을 하든 밥은 먹어야 했고 한잔 술도 필요했다. 골목에 하나씩 작은 술집과 밥집들이 들어섰다. 포털 사이트에 예술가들의 새로운 성소로 소개되면서 문래동에 달뜬 바람이 불기도 했지만 약풍이었다. 나는 역을 등지고 200여 미터를 걸어 첫 삼거리에 섰다. 폐철재로 만든 기린—비슷한 무언가—을 만나게 되는데 거기서부터가 문래동 예술촌의 시작이다. 길은 다시 두 갈래로 나뉘었다. 더 좁은 오른쪽 길로 들어섰다. 와이키키 작업실은 철공 골목의 가장 안쪽의 꺾어진 골목에 있다.

아보카도.

단문을 좋아하는 와이의 문자였다.

돈가스 가게 옆, 옆집 과일 가게에서 팔 거야. 망고와 헷갈리지 말 것!

다정한 키키의 문자가 이어 들어왔다.

진한 초록색을 띤 타원형의 아보카도. 본 적은 있지만 먹어본 적은 없었다. 흔하지 않으니 비싸지 않을까 하는 염려가 들었지만 그래도 오늘만은 괜찮다고 생각했다.

맞은편에서 자전거가 찌릉, 벨 소리를 내며 달려왔다. 나는 한쪽으로 물러섰다. 오래된 자전거의 레트로풍 경보음. 찌릉찌릉. 멀어져가는 소리에 잇대듯 맛있는 냄새가 났다. 향기는 뇌 속 기억 창고를 여는 열쇠라고 어느 과학자가 말했다. 치매 환자의 대부분이 후각을 잃은 경우가 그 증거라고 덧붙였는데 나이가 들수록 벼려지는 감각은 딱히 없을 거라고 혼자 반문했었다. 나는 지름길을 따라 골목을 짧게 돌아나갔다. 기억의 유무와 상관없이 맛있는 냄새는 항상 옳다. 살짝 기름지고 가볍게 달큼한 향. 킁킁거리며 발원지를 찾게 만드는, 내 기억에 담긴 냄새였다.

찾았다.

여자가 손가락으로 가리켰고.

돈가스 냄새였구나.

남자가 고개를 끄덕였다.

먹고 가자.

여자가 남자의 손을 잡았다.

다정한 연인은 나를 스쳐 가게로 들어갔다. 나는 그들의 뒤를 따랐다. 손님이라곤 한 테이블뿐인 어정쩡한 오후였다. 세 분이세요? 양배추를 다듬던 주인아줌마가 손을 털며 일어섰다. 연인이 손을 잡은 채 돌아보았다. 그들은 생각보다 어렸다. 그런데 왜 손을 잡은 연인들은 돌아볼 때 꼭 안쪽으로 고개를 돌릴까.

셋이 손을 잡고 있을 땐 어떻게 하지? 와이와 키키 그리고 나라면. 더 사랑하는 쪽으로 고개를 돌리게 될까. 맥락 없는 생각을 하며 나는 검지 하나를 세워 보였다. 메뉴는 돈가스뿐이었고 곱빼기를 외치지 않으면 입장과 동시에 주문이 끝나는 가게였다.

맥주도 같이 주세요.

창가 자리에 앉아 밸런스 커튼 너머를 내다보았다. 2년 만이었다. 키키는 내게 보낸 메일에서 문래에 작은 가게들이 좀 들어서긴 했지만 크게 달라진 건 없다고 했다. 셋이서 자주 오던 이 가게도 맞은편의 복덕방도 그대로였다. 복덕방은 문래동에 작업실을 구하는 사람이라면 한 번은 들려야 하는 관문 같은 곳이었다. 와이키키 작업실도 저 복덕방에서 소개받았다. 내일 죽어도 여한이 없다던 복덕방 할아버지는 아직 살아 계신 모양이었다. 여기가 왜 문래동인 줄 알어? 복덕방 주인의 말치고는 너무나 근원적이고 실속이 없어서 나는 애매한 표정을 짓고 말았다. 문익점이 붓통에 숨겨 들여온 목화씨를 뿌린 곳이 바로 이 동네라 그런 거야. 그럼 왜 문래냐? 거기엔 두 가지 설이 있는데 하나는 목화솜에서 실 뽑던 '물레'가 지금의 '문래'가 되었다는 거고 다른 하나는 물레를 처음 만든 사람이 '문래'여서 그렇다는데, 그럼 또 문래는 누구냐? 문래는 문익점의 손자로 남평 문씨인 나에게는 직계 선조 되신다 이 말이지. 복덕방 할아버지가 하려는 말의 요지는 조상인 '문래'의 존함을 함부로 간판에 써 대는 이 동네 가게 주인들의 버르장머리 없음이었는데 사설치고는 재미가 있어 꽤 열심히 들었던 기억이 있다.

테이블에 맥주 내려놓는 소리가 났다.

오랜만이네.

아줌마가 병을 따주며 말을 걸어왔다.

늘 셋이서 오더니.

나는 대답 대신 잔에 맥주를 따랐다.

요즘엔 둘이 와요?

내가 물었다. 아줌마가 앞치마 주머니에 손을 찔러 넣으며 잠시 생각하더니.

아니, 여전히 셋이야. 둘은 그대로고. 새 친구라던데.

나는 거품이 가득한 맥주잔을 입으로 가져갔다. 연인의 주문을 받는 아줌마의 등을 향해 새 친구란 사람, 남자예요 여자예요라고 물으려다 그만두었다. 중요한 건 그게 아니잖아. 와이와 키키가 내 양손을 하나씩 잡으며 되물을 게 분명했다.

연인은 돈가스 두 개를 시켰다. 남자는 자기 앞의 돈가스를 먹기 좋게 썰어 여자에게 건네주었다. 퍽 다정한 남자라고 생각하며 나는 오른쪽에 놓인 나이프를 왼손으로 옮겨 쥐었다. 크게 썬 한 조각에 소스를 듬뿍 묻혀 입에 넣는데 여자가 말했다. 꼭

꼭 누른 낮은 목소리였다.

그러면 죽…… 버릴 거야.

씹다 만 고기 조각이 통째로 목구멍으로 넘어가 버렸다. 나는 잔에 든 맥주를 한입에 비웠다. 그리고 그런 살벌한 이야기는 못 들었다는 듯이 냅킨으로 테이블을 일없이 닦았다. 남자는 태연히 자기 몫의 돈가스를 썰고 있었다.

자기가 있는데…… 어떻게 다른 사람을 사랑하니. 말도 안 돼.

제대로 듣지 못한 한 음절 때문에 나의 주위는 온통 연인에게로 향했지만 둘은 더 이상의 대화 없이 돈가스를 먹기 시작했다. 계산을 위해 일어설 때야 다음에 또 오자고 남자가 말한 게 전부였다. 연인은 복덕방 뒷골목 쪽으로 걸어가며 손을 잡았다. 나는 그들이 완전히 사라지도록 골목을 바라보았다. 사랑하기 때문에 아니면 사랑하지 않기 때문에 죽을 수도 있고 죽일 수도 있는. 그들은 연인이었다.

여중생 둘과 엇갈려 가게를 나왔다. 저쪽에 과일 가게가 보였다. 아보카도를 사야지. 나는 걸음을 옮기며 와이에게 문자를 보냈다.

나 왔어. 문래동이야.

키키에게도 보냈다.

곧 갈게.

다행히 아보카도 몇 개가 남아있었다. 세 개를 주문하고 기다리는데 문자가 연이어 들어왔다. 약속이나 한 듯 같았다.

웰컴, 문래.

골목의 벽화를 구경하며 동네를 걸었다. 새로 생긴 독립서점도 있었다. 아트 북 몇 권을 뒤적이는데 와이로부터 새 문자가 왔다.

터키랑 같이 와. 문래버거에 있어.

터키가 누구야, 라고 물으려는데 이번엔 키키로부터 문자가 왔다.

터키는 우리의 새 친구야.

나는 쓰던 문자를 지우고 서점을 나왔다. 버거 가게는 좀 더 서쪽에 있었다. 지는 해를 따라 걸었다. 작업이 일찍 끝난 날이면 우리는 이른 저녁으로 버거를 먹으러 갔다. 이제는 맛집이 되어버린 문래버거가 처음 문을 열었을 때부터 우리는 단골이었다. 버거 체인점에서 몇 년 일했다는 젊은 사장이 당시에는 목도 안 좋은 자리에 차린 수제 버거 가게였다. 우리는 주제넘은 걱정을 하며 버거를 먹었다. 예상대로 손님은 거의 없었지만 사장은 꿋꿋이 버텼다. 오히려 가난한 예술가인 우리를 측은하게 여겨 맥주 한 병을 서비스로 챙겨주었다. 멀리 버거 가게가 보였다. 늘어진 치즈 향이 코앞까지 와 있었다. 나는 꿀꺽 침을 삼켰다. 좁은 가게 안은 손님들로 가득했다. 세 개의 테이블과 바까지 빈자리가 없었다. 문 안쪽에는 몇 사람이 포장을 기다리며 서 있었고 문밖 작은 스툴에는 한 남자가 앉아 맥주를 병째 마시고 있었다. 터키였다. 짧은 꽁지머리에 무릎 아래까지 오는 누빔 패딩을 입고 앞코가 닳은 워커를 신은 차림새가 보헤미안 무리에서 금방 떠나온 사람처럼 보였다. 나는 터키를 지나쳐 가게로 들어갔다. 고기 패티 익는 냄새가 났다. 실내는 예전 그대로였다. 나는 코를 벌름거리며 냄새를 즐겼다. 사장이 손이 바쁜 와중에도 놀란 기색으로 나를 맞았다. 나는 손 인사를 한 후 냉장고에서 맥주 한 병을 꺼냈다. 나눠 마실 와이, 키키가 여기 없으니 맥주는 온전히 내 차지였다. 나는 가게 밖으로 나갔다. 터키는 벽에 등을 바짝 기대고 눈을 감은 채 앉아있었다. 세상 끝을 보는 사람처럼 시선이 멀었다. 지는 볕에 붉게 물든 얼굴이었고 손에 들린 맥주는 반 넘게 비어있었다. 나는 옆의 스툴을 끌어다 앉았다. 맥주가 식도를 차갑게 긁으며 흘렀다. 맛이 알싸했다. 기분 좋은 몸서리를 치는데 터키가 몸을 세우며 나를 보았다.

문래?

아마도.

나를 그렇게 부르는 사람은 와이와 키키뿐이었다.

친구니까 말 놓자.

터키가 내 쪽으로 병을 기울였다. 우리는 병을 부딪치고 맥주를 한 모금씩 마셨다.

왜 터키야?

터키 공항에서 노숙하다 만났어.

말할 때마다 한쪽 입꼬리가 살짝 들리는 게 냉소적으로 보였다.

버거 시켰어?

내가 묻자 터키가 맥주를 슬쩍 들어 보였다. 나는 내 손의 맥주를 내려다보았다. 그렇다면 이건 더 이상 서비스가 아니겠구나. 그것은 이제 와이, 키키 그리고 터키가 셋이란 뜻이었다. 병을 치우러 가게로 들어가는 터키에게 대신 술값을 맡겼다. 앞서 걸으니 터키가 버거 봉지를 든 채 느린 걸음으로 따라왔다. 해는 완전히 졌다. 금세 어둠이 깔릴 것이다. 눈썹 끝이 차가웠다. 손가락으로 쓸자 물기가 묻어났다. 눈이 내리고 있었다. 나는 손바닥에 떨어진 눈 조각 하나를 부러 움켜쥐었다. 그리고 돌아서며 터키를 향해 손을 펴 보였다. 터키가 걸음 그대로 다가와 내 앞에 섰다. 지나치게 가까운 거리였다. 나는 살짝 물러섰다. 터키는 물기 촉촉한 내 손바닥을 말없이 내려다보았다.

나는 와이를 사랑하고 키키는 좋아해.

터키가 그러냐는 듯 고개를 끄덕였다.

터키는?

글쎄.

혹시…… 게이야?

말의 저의와 진의를 파악하듯 내 얼굴을 빤히 쳐다보던 터키가 갑자기 웃음을 터뜨렸다. 웃는 걸 보니 결례는 아닌 듯했다. 지레 무안해 나는 손바닥의 물기를 코트 자락에 쓱 문질러 닦았다.

대답해야 해?

내가 말이 없자 터키가 봉지를 다른 손으로 옮기고는 내 손을 잡았다. 내가 움찔 놀라자 터키가 피식 웃었다.

불쾌해?

불편한 거지. 초면인데.

내 대답에 터키는 잡은 손에 더 힘을 주었다.

오늘 같은 날에는 모두 손을 잡읍시다.

터키가 내 손을 끌며 앞장섰다. 와이와 키키처럼 터키의 손도 따뜻했다.

나는 와이를 사랑해.

터키가 잡은 내 손에 살짝 힘을 주며 말했다.

좀 더 굵은 눈이 다시 손으로 떨어져 내렸다. 내가 한 사람만의 손을 잡고 싶다고 말했을 때 와이, 키키는 시무룩한 얼굴로 말했다. 그럼 남은 한 손이 너무 외롭잖아.

그리고 키키도 사랑하지.

터키가 다시 내 손을 꽉 쥐었는데 그것이 마치 무슨 수신호처럼 느껴져 나는 남은 손마저 말아쥐었다.

길은 더 좁아져 트럭 두 대가 스쳐 지나갈 정도의 골목으로 접어들었다. 한때 많은 철공소들이 호황을 누리며 번창하던 곳이었지만 이제 문을 연 곳은 거의 없었다. 빈 철공소의 저렴한 임대료에 조형 예술가 몇이 세를 얻어 들어왔다. 홍대와 연희동 쪽에 비하면 문래동의 임대료가 훨씬 낮기 때문이었다. 이들이 만든 창작품들이 동네 곳곳에 설치되고 뒤이어 들어오는 예술가들이 늘면서 문래는 새로운 예술촌으로 뜨기 시작했다. 와이키키 작업실은 골목 제일 안쪽에 위치한 철공소 자리에 있었다. 막다른 길이라 사람들의 발길이 쉽게 닿지 않는 곳이었다. 와이, 키키는 철공소 내부는 그대로 둔 채 전면을 유리로 바꿨다. 문과 작은 간판은 나무로 만들어 달았다.

예술합니다. 와이키키 작업실.

와이와 키키는 4년째 이곳 작업실에 거주하며 창작 활동을 하고 있었다. 와이의 아버지가 철공소 주인이었기에 세는 없었다.

와이의 아버지는 네 맘대로 하라며 철공소의 열쇠를 와이에게 넘겨주었다. 오래된 등산 가방에 날깃날깃한 옷 몇 가지 구겨 넣고 골목을 빠져나가는 아버지의 뒷모습을 와이는 한참 동안 지켜보았다고 했다. 그는 사랑과 사람을 동시에 잃은 이였다.

와이와 키키는 문밖까지 나와 있었다. 굵은 눈송이가 툭툭 떨어졌다. 키키가 터틀넥 스웨터의 목을 끌어올리며 손을 흔들었다. 밑단을 한두 번 접어 올린 갈색 코르덴바지는 그들 겨울 패션의 교집합이었다. 둘은 여전히 부스스한 커트 머리였다. 변함없이 와이는 폴라티에 헐렁한 플리스 집업을 걸쳤고 키키는 보풀이 인 터틀넥 스웨터를 입고 있었다. 옷 수선 가게를 하는 키키의 어머니는 겨울에는 코르덴바지만 한 게 없다고 믿는 사람이었다. 어머니가 직접 뜨고 만든 스웨터와 코르덴바지로 평생의 겨울을 난 키키였다. 키키의 바지는 와이에게도 얼추 맞아서 둘은 거의 비슷한 스타일로 매해 겨울을 보냈다. 키키는 내게도 자신의 바지를 준 적이 있었다. 적당히 헤지고 무릎이 나온 바지였다.

웰컴, 문래.

와이와 키키는 나를 가르듯이 사이좋게 나눠 안았다. 둘에게서 같은 비누 향이 났다. 오랜만에 맡았지만 그 향은 여전히 따뜻했다.

눈도 내리는데 한잔하자.

와이가 내게서 건네받은 아보카도 봉지를 들어 보였다. 터키가 응답하듯 버거 봉지를 가볍게 흔들었다. 키키가 나와 터키의 한쪽 어깨를 감싸 안으며 문 쪽으로 이끌었다. 쌓인 눈 위로 발자국 몇 개가 엇갈렸고 몇 개는 포개졌다.

안주는 단출했다. 키키는 어슷하게 썬 아보카도 위에 허브 솔트를 뿌려 내왔다. 와이는 포일에 말아둔 고구마 몇 개를 화목보일러 속에 집어넣었다. 실내는 따뜻했다. 나는 휴대폰을 꺼내 음악 앨범을 열었다. 블루투스 스피커에서 에드 시런의 〈Supermarket Flowers〉가 흘러나왔다. 터키는 먹기 좋게 반으로 자른 버거를 네 개의 나무 접시에 옮겨 담았다. 나무 접시는 와이의 작품이었다. 키키가 작업실 뒤편에서 레드 와인 한 병을 가져왔다. 우리는 테이블에 둘러앉았다. 말이 테이블이지 나무 그루터기를 그대로 뽑아 옮긴 것처럼 모양은 투박했다. 터키가 버거 접시 옆에 와인 잔을 하나씩 놓았다. 와인 잔은 유리공예를 하는 키키의 작품으로 작은 눈사람 모양에 목화꽃이 그려진 나무 모자를 쓰고 있었다. 눈사람 와인 잔은 와이키키 작업실의 시그니처 상품이자 유일한 베스트셀러였다. 키키가 와이에게 와인병을 넘기며 내 옆에 앉았다. 와이가 익숙한 손놀림으로 와인을 따기 시작했다. 퐁, 하고 경쾌한 소리가 났다. 와이를 제외한 우리 셋은 일제히 술잔을 들었다.

술이 몇 번 돌았고 우리는 안주 겸 식사인 버거를 먹었다. 서로의 안부를 물었고 세상 돌아가는 이야기도 잠시 했다. 술이 한 순배 더 돌았을 때 옆의 키키가 내 어깨에 기대왔다. 술기운 때문인지 난로 온기 때문인지 키키의 얼굴이 발갰다.

문래가 와서 참 좋아.

와이가 내 잔에 와인을 채워주었다. 터키는 아보카도 한 조각을 들어 요리조리 들여다보더니 반을 베어 먹었다.

아보카도에 허브 솔트라…… 꽤 신선한 조합인데.

괜찮지?

터키가 남은 아보카도 조각을 키키에게 건넸다. 받아먹은 키키가 고개를 끄덕였다. 나는 와인을 홀짝였다. 와이가 아보카도 한 조각을 가져와 반을 잘라 내 입에 넣어주고 나머지를 먹었다. 아보카도 특유의 느끼함을 소금이 잡아 끝맛은 고소했다.

터키는 뭐 하는 사람이야?

내가 물었다.

터키는 소설을 써. 이미 책도 두 권 냈지.

터키 대신 대답을 한 키키가 와이의 손에서 잔을 뺏어 입으로 가져갔다.

어떤 소설?

……로맨스.

터키가 대답했다.

로맨스?

되묻는 나의 말에 확인과 놀람이 섞였다.

그래, 로맨스. …… 여러 명을 동시에 사랑하는 이들에 대한. 그리고 소유보다는 공유에 가까운 사랑을 하는 사람들에 대한.

우리처럼.

터키의 대답에 키키가 살을 붙이며 배시시 웃었다. 와이가 손빗으로 키키의 까치 머리를 빗겨주었다. 키키가 비운 와인 잔을 터키에게 건네자 와이가 몸을 일으켜 잔 가득히 와인을 따라주었다.

문래, 넌 어때?

터키가 내게 물었다.

말했다시피…… 나는 와이를 사랑하고 키키는 좋아해. 지금까지는 그래.

이번엔 와이가 다른 손으로 내 머리를 가볍게 헝클어 놓았다. 키키가 와이의 손을 밀어내고 내 머리를 다정하게 쓰다듬었다.

그 말은, 달라질 수도 있다는 거네.

터키가 모두에게 건배를 제안했다. 나는 잔을 들고 일어나 창

가로 갔다. 눈이 반 뼘 가깝게 쌓여있었다. 잔 부딪치는 소리가 들렸다. 막다른 골목을 지나간 이는 하나도 없었다. 한 병 더 가져올게. 일어선 와이를 따라 나는 작업실 뒤편으로 갔다. 와인을 꺼내 돌아서는 와이의 품으로 나는 파고들었다. 와이가 나의 등을 부드럽게 쓸어주었다.

와이야.

응.

이번엔 같이 가자. 샌프란시스코로.

……그럴까.

와이는 순순히 대답했다.

정말?

나는 눈을 반짝이며 와이에게서 떨어졌다. 와이는 내 본심을 안다는 듯이 흐리게 웃었다.

키키도 같이.

키키는 여기서 터키랑 살면 돼. 우리는 가고.

그럼…… 나가서 키키, 터키랑 의논해보자.

나를 비켜가는 와이의 팔을 붙잡았다.

나도 키키를 좋아해. 친구로서. 하지만 너를 나눠 갖고 싶진 않아.

와이가 나의 손등을 톡톡 치며 물끄러미 나를 보았다. 그리고 내 손을 덜어내듯 부드럽게 떼어냈다.

키키와 터키가 난로에서 꺼낸 고구마를 하나씩 들고 껍질을 벗기고 있었다.

뜨거워.

키키가 내게 손짓했다. 와이는 네 개의 잔에 와인을 채웠다. 자리에 앉자 키키가 금방 깐 고구마를 반으로 쪼개 내게 주었다. 나는 사양하지 않고 받았다. 키키는 배려심이 많고 선량한 사람이다.

눈이 좀 더 쌓이면 나가서 눈사람을 만들자.

와이가 말했다. 터키가 손가락으로 원을 그렸고 키키는 고구마를 먹으며 고개만 끄덕였다.

키키, 하나만 물어봐도 돼?

키키가 고구마를 손에 든 채 나를 보았다.

너랑 터키는 어떤 사이야? …… 연인?

키키가 나와 터키 그리고 와이를 차례로 보았다. 표정에 난감함이나 불쾌함은 없었다.

아직. 하지만…….

생각보다 쉽게 키키는 대답했다.

나와 터키가 원하고 와이가 동의한다면 안 될 것도 없지.

네가 원한다면 나는 동의해.

와이가 말했다.

그럼 와이와 내가 샌프란시스코로 가겠다면? 가도 괜찮겠어?

키키는 어깨를 으쓱했다.

나쁘지 않은데. 그렇다면 우리의 제안을 받아들이는 거야?

터키가 몸을 앞으로 내밀며 와이를 보았다.

우리는 2년 전에 문래에게 폴리아모리를 제안한 적이 있어.

와이가 포일에 싼 고구마를 눈덩이를 굴리듯 두 손 안에서 굴리며 말했다.

너는 티키랑 지내면 되잖아. 와이랑 꼭 붙어있어야 할 필요는 없잖아.

그래. 네 말이 맞아. 꼭 붙어있을 필요는 없지.

키키가 수긍했다.

와이는 어때?

와이는 식은 고구마의 포일을 벗겨 반으로 나눈 뒤 키키와 내 접시 위에 하나씩 놓았다.

문래, 네가 마음으로부터 우리 누구도 독점하지 않겠다면. 그럴 수 있다면.

와이가 나와 키키에게 손을 내밀었다. 키키는 와이의 손을 잡고 다른 한 손을 터키에게 내밀었다. 터키가 키키의 손을 잡고 내게 남은 손을 내밀었다. 나는 머뭇거리다 터키의 손을 잡고 기다리고 있던 와이의 손을 잡았다. 넷의 엇갈린 손이 눈 입자 형태를 띠었다. 빈손은 없었다. 우리는 잠시 그렇게 있었다. 키키가 먼저 손을 풀며 입을 뗐다.

옛날이야기 하나 할까.

우리는 손을 놓고 각자의 의자에 몸을 깊게 파묻었다. 난로 안에서 장작 튀는 소리가 작게 들렸다. 와이는 장작 하나를 난로 안에 집어넣었다. 키키는 의자 위로 무릎 하나를 접어 올리고 두 팔로 안았다.

이미 말했다시피 우리는 와이키키에서 처음 만났어.

터키와 내가 고개를 끄덕이자 키키가 말을 이었다.

와이가 나를 만나러 하와이까지 왔지. 얼굴을 본 건 그때가 처음이었어. 우리는 한눈에 알아봤어. 와이는 와이의 엄마를, 나는 우리 아빠를 많이 닮았거든. 찢어버린 사진 속에서 손을 잡고 있던 중년의 연인을 우리는 잘 알고 있었으니까. 우리는 모두가 미친 연놈이라 부르는 사람들의 자식이었지.

키키가 짧은 한숨을 쉬며 보일 듯 말 듯 쓴웃음을 지었다.

마지막 날에 와이는 렌트한 차에 나를 태우고 해변을 따라 북쪽으로 향했어. 절벽은 높아지고 바다는 점점 깊어지는 그 길을 따라 하루 종일 달렸어. 딱히 뭔가를 한 건 아니야. 어느 외진 바닷가에 차를 세우고 나란히 앉아 그냥 시간을 흘려보냈어. 내가 테이프로 이어 붙인 사진을 불에 태워 날릴 때도 와이는 아무 말도 하지 않았어.

키키의 말끝이 처지자 와이가 이어받았다.

눈 내리던 겨울밤, 연인을 싣고 외진 바다를 향해 달리던 차가 바다로 뛰어든 후로 10년도 더 지나 있었어. 키키와 나는 며칠 동안 많은 이야기를 나눴어. 그리고 우리는 미친 연놈의 자식이었는데도 그들을 불쌍히 여기고 있으며 사랑을 위해 죽음도 불사한 그들의 행동이 썩 좋은 선택은 아니었다는 데 동의했어.

며칠 동안 그 얘기만 하다 보니 나중엔 그게 그렇게 안 될 일이었을까, 라는 생각이 들기 시작한 거지.

키키가 말을 보탰다.

그럼, 그럴 때마다 같이 바다에 뛰어들어야 하냐고.

와이가 이제는 각자 재혼해 잘 살고 있다는 와이 아빠와 키키 엄마의 이야기를 끝으로 입을 닫으며 그것 또한 그럴 수 있다고 말했다. 키키가 와이의 손을 잡아주었다.

나는 빈 와인 잔을 내려놓고 나무 모자를 씌웠다. 아보카도 접시의 소금을 손가락으로 찍어 혀에 댔다. 첫맛은 짜고 끝맛은 달고 고소했다. 아주 작은 소금 입자 하나일 뿐인데도 여러 가지 맛이 났다.

부모님에게 그런 일이 없었다면 어땠을까. 그래도 너희는 지금의 삶을 살았을까?

터키가 물었다.

그건 알 수 없어. 사람마다 감정의 회로는 다르니까.

키키는 고개를 가로저었다.

동시에 여러 마음의 불을 켤 수 있는 병렬식 사람도 있을 테고 한 번에 하나의 마음만 가능한 직렬식 사람도 있지 않겠어?

키키의 말을 들으며 나는 내 마음의 회로에 대해 생각해보았지만 알 수 없었다. 키키가 와이의 동의를 구하듯 바라보자 와이는 분명하게 고개를 끄덕였다.

우리는 그 모든 가능성을 받아들였을 뿐이고 지금도 같이 지켜보는 중이야.

키키가 일어나 테이블의 빈 접시들을 하나씩 포개 들었다. 나는 키키를 따라 작업실 안쪽의 싱크대로 갔다. 키키는 선반 위에서 크래커 상자를 내려 접시에 몇 개씩 나눠 담았다. 키키가 크래커 하나를 입에 넣자 바삭 부서지는 소리가 났다.

그래서…… 너는 터키와 와이 둘 다 사랑하는 거야?

키키는 무감한 얼굴로 나를 보았지만 시선만은 단단했다. 셀 수 없이 주물에 들어갔다 나온 사람처럼.

너는 어때? 오로지 와이만 원하니?

나는 대답하지 않았다.

와이와 네가 원한다면 그렇게 해도 좋아. 나는 동의해.

진심이야?

나는 널 좋아하니까 거짓말하지 않아. 그런데 아마…… 어려울 거야.

왜?

키키가 크래커를 담은 접시 두 개를 내게 건네고 나머지 두 개를 챙겨 들었다.

너는 와이만 원하는데 와이는 그렇지 않잖아.

작업실로 나가자 열린 문밖으로 와이와 터키의 모습이 보였다.

우리도 나가볼까.

키키가 내게서 크래커 접시를 받아 테이블에 갖다 두었다. 키키는 의자 등받이에서 양털 플리스 집업 두 개를 걷어 내게 하나를 내밀었다. 와이의 것인지 품이 컸다. 내리던 눈은 잠시 소강상태였다. 갓 쌓인 눈은 목화솜처럼 한껏 부풀어있었다. 키키가 부러 몸을 떨며 하늘을 올려다보았다. 나는 양말을 바짝 당겨 신은 뒤 키키의 뒤를 따라 나갔다. 눈사람의 모자 위로 이제는 한 뼘 정도의 눈이 쌓여있었다. 목장갑을 낀 와이와 터키가 모자를 벗긴 눈사람의 유리 몸통 속으로 부지런히 눈을 채워넣었다. 키키가 나머지 눈사람의 모자도 벗겨서 한쪽에 내려놓았다. 나는 일없이 손가락으로 나무 모자의 테두리를 쓸었다.

유리 눈사람이라 쉽게 깨지겠어.

꼭 한두 개씩은 깨지지.

키키가 시린 두 손을 플리스 주머니가 늘어지도록 깊숙이 찔러 넣었다.

속상하겠네.

뭐, 별로. 유리는 거푸집일 뿐이니까.

반사된 눈빛에 골목은 어둡지 않았다. 달이 구름 사이를 드나들며 밤의 조도를 수시로 바꿨다.

샌프란시스코의 플리 마켓을 간 적이 있어.

와이와 키키, 터키가 내 쪽으로 돌아섰다. 와이와 키키 사이가 나와 터키의 사이보다 좀 더 가까워서 사다리꼴 모양새였다.

가장 구석진 자리에서 레게 머리 남자가 직접 만들었다는 카드를 팔고 있었어.

셋은 내 이야기에 귀를 기울였다.

그중에 눈에 띄는 카드가 몇 개 있었어. 하나 사기도 했어.

어떤 카드였는데?

터키가 물었다.

부부가 손잡고 선 결혼식 카드였어.

와이와 키키가 마주 보며 어깨를 으쓱했다.

그림이 꽤나 멋스러웠나 보네.

그림도 멋졌지만 그려진 부부가 독특했어.

어땠는데?

나는 와이와 키키를 당겨 세웠다. 신랑, 신부가 있어.

그리고.

이번엔 와이와 터키를 나란히 서게 했다. 신랑, 신랑도 있어.

키키가 내 옆으로 바짝 붙으면서 말했다. 신부, 신부도 있을 테고.

나는 와이까지 내 옆으로 끌어당겼다. 신부, 신랑, 신부도 있었지.

우리는 신랑, 신부, 신랑. 와이와 키키 곁에 터키가 붙으며 말했다.

그 레게머리, 꽤나 생각이 말랑한 사람이군. 그래서 넌 어떤 카드를 샀는데?

키키가 와이와 터키의 팔짱을 낀 채 그 사이에서 까치발로 키를 키웠다.

곧 알게 될 거야. 떠나기 전 이곳으로 부쳤거든.

그래?

와이가 반색하며 문 옆 우편함을 들여다보았지만 카드는 없었다.

키키가 뒤에서 나를 안으며 스웨터 아래의 쇄골을 가만히 더듬었다. 나는 간지러웠고 조금 부끄러워지기까지 했다. 키키는 아랑곳하지 않고 내 목덜미에 턱을 바짝 기대고는 와이와 터키를 바라보았다.

아빠가 말야. 엄마에게 무턱대고 이혼해달라고 그랬대. 법적으로 갈라서자고.

키키가 말할 때마다 내 어깨가 같이 진동했다.

우리 엄마는 그런 말도 아예 안 했어. 아버지는 어머니가 자살한 후에야 아셨어.

와이는 플리스의 지퍼를 끝까지 올리며 어깨를 동그랗게 말았다.

왜.

와이, 키키가 동시에 내뱉은 말이었지만 혼잣말처럼 들렸다.

키키와 와이의 방백이 하나씩 이어졌다.

그냥…… 내가…… 사랑하는 사람이 생겼다고 말했으면 될 것을.

당신 말고도, 가 아니라 당신처럼, 이라고 말해봤더라면 말야.

키키가 내 등에 얼굴을 묻었다. 와이는 신발코로 일없이 눈을 팠다.

어느새 골목 끝까지 나간 터키가 가로등 아래서 이쪽으로 손을 흔들었다.

먹을 것 좀 사 올게.

우리도 터키를 향해 손을 흔들어 주었다. 다시 눈이 내렸다. 와이가 문을 열었고 키키가 어깨의 눈을 털며 안으로 들어갔다.

샌프란시스코는 어떤 곳이야?

키키가 물었을 때 나는 아직 문밖이었다.

샌프란시스코?

어려운 질문도 아닌데 나는 눈을 올려 뜨며 고민했다. 그리고 수동 전차와 폐쇄된 감옥과 무지 긴 다리에 대해 먼저 말한 뒤 사람과 삶이 자유롭고 시선이 비교적 관대한 곳이야, 라고 말하려 했다. 하지만 입에서 나간 말은 너무 엉뚱해서 나는 되레 말까지 더듬었다.

음…… 햇살부터…… 아니, 그러니까…… 햇살마저 관대한 곳이야.

내 대답이 얼마나 생뚱했는지는 와이와 키키의 멀뚱한 표정만 보아도 알 수 있었다. 키키는 어깨까지 들썩이며 소리 없이 웃었고 와이는 괜스레 긴 팔로 문에 매달린 풍경을 흔들었다.

역시, 너는 문래야.

키키가 내 팔을 잡아끌었다. 와이가 내 등을 문 안쪽으로 가볍게 밀어주었다. 나는 문 안으로 성큼 들어섰고 등 뒤로 문이 닫혔다. 모자를 벗은 눈사람의 유리 몸통 속으로 차곡차곡 눈이 쌓여가고 있었다.

크리스마스니까, 분명히 TV에서는 〈나 홀로 집에〉 시리즈를 방영하고 있을 거라고 했다. 말한 사람은 키키였다. 시시한 내기를 했고 터키와 와이 그리고 나와 키키로 편이 나뉘었다. 휴대폰으로 채널을 확인하던 키키가 환호를 질렀다. 영화 채널 한 곳에서 이미 케빈이 뉴욕을 헤매고 있었다. 와이가 손사래를 쳤고 터키는 고개를 절레절레 흔들었다. 키키와 나는 손뼉을 마주 쳤다.

자, 자. 곧 크리스마스야. 얼른, 얼른.

키키가 터키를 잡아 일으켰고 와이가 못내 아쉬운 표정으로 자리를 털며 일어섰다.

우리는 벗어둔 코트와 패딩을 찾아 입었다. 키키가 여분의 털모자와 머플러를 터키와 내게 하나씩 주었다. 와이가 난로 속으로 굵은 장작 몇 개를 집어넣었다. 우리는 오리처럼 줄을 맞춰 문밖으로 나갔다. 눈은 계속 내리고 있었다. 와이가 벗겨두었던 나무 모자를 찾아 씌우자 유리 눈사람은 하나의 오브제가 되었다. 터키와 내가 손뼉을 쳐주었다.

특허 낼까.

키키가 짐짓 심각하게 물었고 나와 와이가 말리듯이 키키의 양쪽 팔을 잡았다. 키키가 장난스레 발을 굴렀다.

컵 수프나 먹으러 갑시다.

터키가 우리 셋의 등을 떠밀었다. 나와 키키의 내기 조건은 밤 산책 그리고 컵 수프 먹기였다.

그냥 사다 먹자니까.

벌써 코끝이 빨개진 와이가 투덜거렸다.

컵 수프는 추울 때 뜨겁게 먹어야 제맛이란 말이야.

키키가 나와 와이의 팔을 바짝 당겨 잡았다. 터키가 몇 걸음 뒤에서 따라오며 거들었다.

따뜻한 수프를 먹으면 덜 외로워진대.

설마, 하며 와이가 고개를 갸웃거렸다.

……좋다.

뭐가?

내가 중얼거렸고 와이가 물었다.

너희들과 함께 있으니까. 같이 맛있는 것도 먹고. 이렇게 야밤에 걸을 수도 있고.

키키가 내 쪽으로 몸을 기울이며 속삭였다.

그건…… 문래, 네가 우리를 사랑하기 때문이란다.

그래서 컵 수프야? 사랑하니까?

키키는 대답 대신 어깨로 와이를 툭 쳤다.

나온 김에 멀리까지 가보자.

터키가 따라붙으며 말했다.

좀 멀리 어디까지?

나와 키키, 와이가 한목소리로 물었다.

컵 수프를 가장 맛있게 먹을 수 있을 때까지.

터키의 싱거운 대답에 우리 셋은 야유하며 터키를 밀어냈다. 그러자 터키가 두 팔을 활짝 벌리며 우리를 큰길 쪽으로 몰았다.

우체국을 지나 근린공원 사거리에 섰을 때 어디선가 종소리가 들려왔다. 우리는 잠시 이야기를 멈추고 서로 번갈아 가며 안아 주었다.

신호등이 초록으로 바뀌었다.

Go.

와이의 신호를 따라 나, 키키 그리고 터키가 길을 건넜다. 눈은 잦아들었지만 눈송이는 여전히 굵었다. 공원을 가리키는 키키의 검지 위로 눈송이 하나가 떨어졌다. 키키가 재빨리 주먹을 말아 주머니에 쑥 집어넣었다. 마술처럼 순식간이었다. 와이와 터키, 나는 뭔가 싶어 일제히 키키의 주머니를 바라보았다. 당연히 키키의 주머니에선 비둘기나 흰토끼도, 눈사람도 나오지 않았다. 와이와 터키가 헛웃음을 지으며 키키의 팔을 가볍게 치고는 앞서 걸었다. 키키는 뭐가 문제냐는 얼굴로 나를 돌아보았다. 내가 성의 없이 고개만 주억대자 이번엔 키키가 한쪽 어깨로 나를 툭 밀치고 지나갔다. 꼭 무엇이 되어야 하는 것도 아니었고 무엇이 되기로 약속되어진 것도 없으며 기대와 달리 아무것도 아닐 수 있으므로, 문제랄 건 없었다.

나는 뛰다시피 걸으며 와이와 터키와 키키를 향해 외쳤다. 같이 가.

수국은 거짓말을 하지 않아

ㄴ

우지은과 만나기로 한 곳은 개천 옆 작은 플리 마켓이었다.

봄비가 장마처럼 지나간 다음 날이었다.

강변으로 빠지는 마지막 징검다리에서 건너요.

징검다리에 이르러서야 나는 징검돌 몇 개가 물 아래 잠겨있다는 걸 알았다. 건너 둔치로 마켓의 아치 입구가 보였다. 나는 두리번거리다 가까운 계단을 찾아 올라갔다.

마스크를 쓰고 있음에도 우지은은 별 속에 유독 돋을새김되어 눈에 쉽게 띄었다. 무릎 아래까지 내려오는 헐렁한 먹색 원피스를 허리에서 질끈 동여매 입었고 진주황색의 마름모 패턴이 들어간 남성 중절모는 머리에 얹어놓은—정말 그런 모양새였다—모양에 성탄절 벽난로에 걸어둘 법한 니삭스를 색도 길이도 짝짝이로 신고 있었다. 허리께까지 흐른 검은 머리는 촘촘히 땋아 손목의 실팔찌와 같은 색의 끈으로 묶었다. 티티카카호수에서 갈대배를 타고 출발해 바람과 파도를 따라 태평양을 건너 지금 막 이 플리 마켓에 도착한 사람 같았다. 볼일이 끝나면 다시 갈대배를 타고 인도양을 지나 희망봉을 거쳐 집이 있는 대서양으로 돌아가 두고 온 알파카의 저녁을 챙겨줄 듯했다.

알파카 인형 사세요. 페루 우앙카요에서 왔어요.

손바닥만 한 크기의 흰 알파카 인형 몇 개를 늘어놓은 박스 뒤에 서서 우지은은 두 팔을 높게 쳐든 채 이리저리 흔들어 댔다. 나는 등짐을 진 알파카 인형을 집어 들었다.

걔 이름은 호르헤구요. 제가 키우는 알파카 호르헤에게서 얻은 털로 직접 만들었어요.

……얼마예요?

자가 격리 끝낸 첫날이고 또 첫 손님이니까 특별히 싸게 드리죠.

우지은이 모자를 가볍게 들었다 놓았다.

페루에서 왔거든요.

그제야 인형의 값을 매기는지 우지은이 고개를 외로 꼰 채 눈동자를 굴렸다. 나는 호르헤를 자리에 내려놓고는 마스크를 살짝 내려 보였다. 우지은이 반색하며 자리에서 폴짝 뛰었다. 헐렁한 양말 한쪽이 발목으로 흘러내렸다.

에르네스토 아리수에뇨.

악센트가 분명히 들어간 우지은의 발음은 마술사의 주문처럼 드라마틱했다. 이국의 언어에서 느껴지는 낯선 도취가 있었다. 허공을 향해 두 팔을 한껏 연 과장된 몸짓에는 무언극의 배우 같은 낭만적인 구석도 있어 나는 홀린 듯 우지은이 가리킨 하늘을 올려다보았다. 우지은의 손에는 마술사의 비둘기 대신 노란 고무줄로 묶은 두루마리 하나가 들려있었다. 의식을 마친 우지은이 마지막 바통을 넘기듯 내 손에 두루마리를 툭 건넸다.

고마워요.

수고비는 라테로 받을게요. 아이스로 시럽 듬뿍. 얼음 많이. 빨대는 됐고요.

우지은은 캠핑 박스의 뚜껑을 열고는 안에서 텀블러 하나를 꺼내 내게 내밀었다.

모퉁이 커피 트럭에서 아이스라테 두 잔을 사서 돌아오니 우지은이 어린 커플을 상대하고 있었다. 남자애의 손에 호르헤가 들려있었다. 또래로 보이는 여자애가 만 원을 건넸고 우지은은 오천 원을 거슬러 주었다.

남자 친구 생일이래요. 귀엽죠?

우지은은 백팩에서 낚시 의자 하나를 더 꺼내 펼치고는 내 쪽에 내려놓았다. 구경하는 사람들은 조금씩 늘었지만 알파카 인형이 전부인 우지은의 매대 앞은 내내 한산했다.

라떼는 말이야~

우지은이 흥얼거리며 라테 두 잔에 갈색 빨대를 탁탁 꽂고는 제 몫의 텀블러를 가져갔다.

티티카카호 갈대로 만든 빨대예요.

갈대 빨대의 구멍이 좁아서 나는 입술을 모아 있는 힘껏 음료를 빨아올려야 했다. 빨대를 입에 문 우지은의 양 볼이 볼우물처럼 패였다.

근데요. 이 그림, 그때 페루에서 사지 않았어요?

…….

나는 라테를 발밑에 내려놓고는 무릎 위의 두루마리를 들어 노란 고무줄을 풀었다.

우지은과의 인연은 2년 전, 페루 리마의 한 미술관으로 거슬러 올라가는데 에르네스토 아리수에뇨의 전시회 마지막 날이었다. 인솔 교사를 따라 움직이던 학생들 무리에서 빠져나온 동양인 소녀가 혼자 관람 중이던 동양인 여행자에게 한국어로 말을 걸어왔다. 그때 나는 전시 팸플릿을 보고 있었다. 우지은이 선생님과 친구들에게 같은 나라 사람인 나를 소개하자 그들은 순박한 눈빛으로 환대해주었다. 나는 자연스레 그들 무리에 섞여

전시실을 함께 돌았고 우지은은 미술 선생님의 설명을 한국어로 통역해주었다. 한낮의 테이블 위로 꽃병이 보이고 꽃병에는 수국 몇 송이가 꽂혀있어요. 진보랏빛 수국은 점점 퍼져 나가 하늘과 들판을 가득 채웁니다. 짙푸른 하늘에는 민낯의 보름달이 떠 있네요. 어느새 밤이군요. 이 그림은 〈꿈의 힘〉입니다. 미술관 앞에서 헤어지며 우리는 연락처를 주고받았고 남미 여행카페 링크를 공유했다.

부탁받은 거였어요.

그럼 두 개를 사지 그랬어요?

여행자의 배낭은 작고 지갑은 가볍잖아요.

하긴…… 나도 백팩 하나 메고 들어왔어요.

한국엔, 왜 갑자기 들어온 거예요?

왔다기보다는…… 쫓겨난 거죠.

우지은이 입을 샐쭉하며 어깨를 쓱 올렸다. 그러고는 아까부터 박스 앞에 붙어 앉아 호르헤를 놓고 투덕거리던 초등학생 둘을 향해 시니컬하게 말했다.

둘 다 틀렸어. 이건 라마도 아니고 낙타도 아니야. 얘는 알파카야, 알파카.

아이들은 서로를 타박하듯 옆구리를 툭툭 밀쳤다.

잘 봐봐. 알파카는 귀가 이렇게…….

우지은은 박스 가까이 의자를 당겨 앉으며 아이들 앞에 호르헤를 내밀었다. 나는 자리를 내주며 뒤로 비켜 앉았다. 벽면에 기댄 우지은의 그림자와 마주 앉아 나는 그림의 말린 부분을 천천히 펴나갔다.

오랜만에 다시 보는…… 〈꿈의 힘〉이었다.

막대 사탕같이 생긴 마을이야.

늘봄이 운전석과 조수석의 창문을 내리며 말했다. 한쪽 볼이 볼록했다. 늘봄의 입에는 츄파춥스 레몬 맛이 물려있었다. 몰려온 졸음을 쫓으려 콘솔박스를 뒤져 찾아낸 막대 사탕이었다. 고속도로를 벗어난 차는 국도에서 다시 2차선 지방도로로 빠져 한참을 달리고 있었다. 자를 대고 그은 것처럼 2차로는 쭉 뻗어있었고 양옆으로는 추수를 앞둔 평야가 무한대에 가깝게 펼쳐져 있었다. 솟은 자리가 없으니 그늘진 자리도 없었다. 구름 몇 점의 그림자가 유일했으나 물그림자처럼 투명에 가까웠고 그마저도 바람에 쓸려 이내 흩어져버렸다. 최대의 곡창 지대이자 아름다운 지평선의 고장이라는 수식어에 걸맞은 풍경이었다. 늘봄은 이 길의 끝에 마을 하나가 풍선 모양으로 걸려있다고 했다. 바짝 누운 햇살이 늘봄이 앉은 운전석을 지나 내가 앉은 조수석의 창문 너머로까지 길게 늘어졌다. 늘봄은 왼손으로 손차양을 하며 고개를 같은 쪽으로 기울였다.

눈부시다.

눈이 마주쳤고 늘봄이 찡긋 윙크했다.

나는 창문 밖으로 팔을 내밀어 손을 활짝 펼쳐보았다. 손가락 새로 바람과 햇살, 논과 길과 하늘이 쑥쑥 빠져나갔다. 나는 손등에 물든 홍시빛 햇살을 가만히 바라보았다.

근데 말이야.

늘봄이 룸미러로 흘깃 나를 보았다.

나 말이야…… 정말, 가도 괜찮아?

그러엄.

어떻게 소개할 거야? 분명히 이것저것 물으실 텐데…….

음…… 글쎄. 나이는 몇 살인지 대학은 나왔는지 형제는 어떻게 되는지 무슨 일 하는지 부모님은 뭐 하시는지 모아둔 돈은 많은지 나이 많은 여자는 왜 좋아하는지 결혼은 생각하고 만나는지 등등 이런 거?

늘봄이 브레이크를 밟으며 길 한가운데에 차를 세우더니 나를 향해 돌아앉았다.

내릴래? 내려줄까?

지금? 여기서?

내가 검지로 아래를 가리키며 어이없는 표정을 지었다. 늘봄이 물고 있던 막대 사탕을 빼서 내 입에 쑥 밀어 넣고는 다시 액셀을 밟았다. 나는 막대 사탕을 입안에서 몇 번쯤 굴리고는 마을 쪽으로 겨눠보았다. 소실점으로 만나는 길 끝에 지붕 색이 알록달록한 작은 마을이 보였다. 늘봄의 말대로 마을은 막대 사탕에 딱 맞게 포개지는 둥근 모양이었다.

한국에도 이렇게 트인 곳이 있다니 신기하네.

늘봄이 핸들에 상체를 바짝 붙이고 목을 길게 빼어 앞창 너머의 하늘을 보았다.

구름이 가볍다. 오랜만에 근사한 일몰을 보겠는걸.

외진 시골길은 몹시 한적해서 오고 가는 차가 거의 없었다. 경운기 한 대를 추월한 게 전부였다. 길은 마을 입구에 다다라 큰 은행나무를 기준으로 두 갈래로 갈라져 바깥쪽을 따라 크게 돌아나갔다. 은행나무는 족히 몇백 년은 되어 보였다. 둥치는 성인 두 사람이 감싸 안을 정도로 충분히 굵었다. 반듯한 나무 몸통에 비해 가지와 이파리는 눈에 띄게 비대칭을 이루고 있었는데 한쪽의 줄기와 은행잎이 반대쪽에 비해 훨씬 빈약했다. 집과 집은 잎맥 같은 골목으로 이어져 있었다. 늘봄은 마을회관 앞쪽 공터에 후진해 차를 세웠다. 차에서 내린 늘봄이 회관 옆 가게로 성큼성큼 걸었다. 나는 조수석 문에 기대서서 미니슈퍼라고 적힌 간판을 보았다. 도시에서는 이제 찾아보기 힘든 간판이었다. 색이 바래 글자의 뼈대만 남았다고 해도 좋을 정도로 오래돼 보였다. 미니슈퍼. mini와 super.

늘봄을 포함해 여럿이 어울렸던 술자리에서의 기억이 문득 떠올랐다.

말이 돼? 이건 너무 극단적이잖아.

고개를 절레절레 흔들고 혀를 차며 무리 중 한 명이 말했다. 모두가 얼큰히 취해 느슨해진 분위기 속에서 취중 진담이 농담처럼 오가던 중이었다. 그는 연상녀 연하남의 연애란, 어려서 엄마와의 애착 형성에 실패했거나 반대로 애정이 과잉된 철없는 남자와 제때 출산과 육아를 경험하지 못해 모성애 발현의 기회를 놓친 딱한 여자의 아무 과녁 맞히기, 무분별한 감정의 오남용이라는 기괴한 해석을 갈겨놓고는 천천히 팔짱을 끼며 나와 늘봄을 번갈아 보았다. 늘봄은 말없이 10여 초쯤 그를 노려보기만 하다가 돌변해서 웃음을 터뜨렸다. 고개를 젖히고 목젖이 보이도록 한참을 웃다가 돌연 표정을 바꿔 앞에 놓인 술병을 집어 들었다. 흠칫 놀란 남자가 반사적으로 상체를 틀며 뒤로 물러났다. 늘봄은 그와 자신의 잔에 술을 넘치게 채웠다.

심리 철학 전공이시라고요. 아무래도 그쪽은, 항문으로 학문을 했나 봅니다. 프로이트식으로 접근해본다면 구강기나 항문기를 제대로 보내지 못한 탓이겠지요.

늘봄은 잔을 높게 들어 보이고는 한입에 털어 넣었다.

안경에만 다초점이 필요할까요? 세상을 현미경으로만 들여다보지 말고 망원경으로도 좀 바라보세요. 우물 안 개구리처럼 개굴개굴거리지 말구요.

늘봄은 얼굴이 시뻘게진 그에게 술값은 모성애가 남아도는 자기가 계산하겠노라고 말하고는 자리에서 일어섰다.

미니슈퍼의 여닫이문이 마저 열렸고 한 할머니가 보였다. 왜소한 몸이어서 언뜻 작은 아이처럼 보였다. 잔꽃 무늬가 들어간 머릿수건 아래 짧은 흰머리가 빽빽했다. 싸개단추로 채운 남색 조끼와 푸른색의 바지를 입고 있었는데 다시 보니 청바지였다. 할머니는 잰걸음으로 나를 향해 직선으로 걸어왔고 나는 쭈뼛거리며 옆으로 비켜섰다.

핸우?

할머니는 내 앞에 우뚝 서더니 허리를 빳빳하게 폈다.

자네가 서늘봄이 친구, 핸우?

네? 아…… 네! 안녕하세요.

한 박자 늦게 눈치를 챈 나는 급히 재킷 앞섶을 바로 하며 두 손을 모았다.

반갑소. 나는 서팽화라오. 서늘봄 외조모요.

김, 현우입니다.

할머니가 주먹 쥔 손을 내 얼굴 가까이 들이밀었다.

요샌 악수하면 안 돼.

나는 주먹을 쥐어 할머니의 주먹에 살짝 댔다.

늘봄이 이름은 내가 지었어. 왜 서늘봄인지는 아나?

서늘한 봄에 태어나서…… 늘봄이라 지었다고 들었습니다.

할머니가 말끝을 흐리는 걸 제일 싫어한다던 늘봄의 말이 떠올라 나는 얼른 말끝을 오므렸다.

늘봄이란 이름에는 한자가 없네. 그것도 아나?

중학교 한문 시험에 한자로 이름 쓰기가 나온 적이 있었다고 늘봄이 말했었다.

재 태어나고 출생신고를 하러 읍사무소에 갔더니 거기 직원이 이름에 한자가 없으면 안 된대. 없어 못 적는다 했더니 늘봄이 항상 봄이란 뜻 아니냐고 물어. 그런 뜻도 있다 했더니 그럼 한자로 항상 상에 봄 춘을 쓰는 건 어떠냐고 꾀길래 아나, 개야 짖어라 하고 돌아 나왔지. 서늘봄이 서상춘이 될 뻔한 곡절이여.

읍사무소 직원과 할머니의 팽팽한 기 싸움에서 공식적인 승자는 할머니였지만 신고 기한을 넘기는 바람에 벌금을 문 사람도 할머니였다. 늘봄은 그런 할머니의 기질을 그대로 물려받았다. 주관식 답란에 성은 한자로, 이름은 한글로 써냈음에도 영점 처리되자 늘봄은 한문 선생님을 찾아가 이의를 제기했고 몰라서

못씀과 없어서 안 씀에 대한 배점 처리가 어떻게 같은 건지에 대한 학교 측의 타당한 설명을 요구하며 할머니가 떼다 준 주민등록등본을 증빙 자료로 제출했다.

성씨는 나랑 즈그 엄마한테서 받은 것이고.

할머니의 목소리에는 못내 자부심이 가득했다. 마침 늘봄이 검은 봉지를 흔들며 가게에서 나왔다. 다른 학생과의 형평성을 고려해 학교 측에서는 늘봄의 이의를 부분 수용하며 모든 학생의 답을 정답 처리하는 걸로 마무리했다.

할머니, 막걸리가 두 병밖에 없대요. 저녁때나 돼야 더 들어온대요.

핸우 군은 막걸리 좋아하나? 나는 좋아하네.

잘 마시지는 못하고 한두 잔은 합니다.

담배도 좋아했는데 몇 년 전에 끊었어. 하도 지랄해서.

할머니가 턱짓으로 늘봄을 가리키고는 앞장서서 은행나무의 오른쪽을 잡아 걸었다. 가지와 이파리가 적은 쪽이었다. 늘봄이 할머니 뒤를 따라 걸었고 나는 큰 걸음으로 늘봄의 옆에 바투 다가갔다.

할머니…… 리바이스 입으셨어.

청바지 입어 보고 싶다고 하셔서 사드렸더니 잘 입으시네. 골반이 작아 그런가 출산을 안 해 그런가. 호호백발 할머닌데도 핏이 나쁘지 않아.

늘봄이 멈춰 서더니 자신의 바지 핏을 앞뒤로 살폈다. 연청색 보이프렌드 핏의 바지에 올리브색 오버사이즈 셔츠를 내어 입은 늘봄의 스타일은 무심하면서도 멋스러웠는데 때가 적당히 묻은 컨버스 운동화와도 잘 어울렸다. 파마를 해본 적이 없는 늘봄의 갈색 머리는 어깨높이에서 느슨하게 묶여있었다. 나는 늘봄에게서 할머니로 시선을 옮겼다. 늘봄의 뒷모습이 할머니의 뒷모습에 하나처럼 포개졌다.

리바이스 입은 할머니라. 멋진데요.

우지은이 갈대 빨대의 끝을 앞니로 가볍게 물었다 놓았다.

늘봄이 할머니를 많이 닮았어요. 당당하고 솔직하고 거리낌이 없었죠.

말끝이 촉촉하고 과거형인 걸 보니 지금은 헤어졌나 보네요.

그 그림, 늘봄이 부탁한 거였어요. 페루 여행 중에 카페에 올린 제 글을 본 늘봄이 댓글을 달았죠. 한국에서는 에르네스토 아리수에뇨 그림을 통 구할 수가 없다면서.

아하, 그렇게 처음 만난 거군요.

우지은이 고개를 까닥이고는 의자 등받이에 몸을 기댔다.

고맙다며 밥을 사길래 내가 커피를 샀더니 늘봄이 술을 사겠다더군요. 술집으로 걸어가는데 다이소가 보여서 그림을 넣을 액자도 같이 골랐죠.

〈꿈의 힘〉은 헤어진 여친이 좋아하던 그림이잖아요. 현우 님이 그 그림을 다시 찾을 이유가 있을까요. 굳이 말이죠.

나는…… 사랑의 끝이 사람과의 끝이라고 생각하지 않아요. 연인으로는 끝나지만 인연으로 남는 경우도 있어요.

나는 〈꿈의 힘〉을 구겨지지 않도록 크게 말아 화구통에 넣었다. 우지은이 둥글게 만 양 손가락 끝을 톡톡 치며 나를 지그시 바라보았다.

아…….

집 앞의 마당은 그대로 꽃 천지였다. 온통 붉었다. 한 품종뿐인 꽃밭은 흡사 자연군락지 같았다. 가장자리가 톱니 모양인 초록 이파리들이 가는 줄기를 타고 차곡차곡 쌓여 올라간 끝자리에 큰 꽃이 피어있었는데 붉은 나비 수십 마리가 머리를 맞대고 둘러앉은 것처럼 보였다. 붉은 꽃 이불을 덮고 누운 지평선 위로 반투명한 낮달이 가볍게 걸려있었다.

이제 알겠지?

늘봄이 싱긋 웃으며 내 옆구리를 쿡 찔렀다. 늘봄은 에르네스토 아리수에뇨 그림 중에서 특히 〈꿈의 힘〉을 좋아했다. 열린 화폭에 담긴 아득하고 오묘한 분위기와 공간의 확장성이 늙은 주술사의 쾌한 점괘 같아 스스로를 북돋우게 된다고 했다. 꿈보다 해몽이라고 생각했는데 이렇게 보니 늘봄의 말뜻이 이해되었다.

화가는 왜 이 그림에 〈꿈의 힘〉이란 제목을 붙였을까를 생각해봐. 테이블 위에 꽃병이 놓여있고 꽃병에는 짙은 보라색의 수국 몇 송이가 꽂혀있어. 그런데 신기하게도 그 수국은 위로 갈수록 더 많은 송이의 수국으로 번지고 마침내 온 하늘에 가득 차지. 푸른 밤, 하늘에는 목격자 같은 달이 떠 있어. 낮에서 밤으로, 부분에서 전체로, 유한에서 무한으로. 경계 없음. 꿈이 그런 거잖아. 그런 게 꿈 아니겠어?

현우는 늘봄의 집, 식탁 맞은편에 걸린 그 그림을 떠올렸다. 위축되지 않는 생을 살고 싶어, 라고 말한 사람이 늘봄이었을까 나였을까. 아니면 알몸으로 한 몸이 되어 그림을 바라보던 둘의 합송이었을까.

핸, 우.

작지만 분절된 발음에 나는 선잠에서 깨어나듯 등을 펴며 고개를 돌렸다.

받게.

할머니는 술잔을 내게 건네며 막걸리를 따랐다. 내가 엉거주춤 일어서며 두 손으로 술잔을 받쳐 들자 할머니는 한쪽 팔을 크게 내저었다. 나는 댓돌 위에 두 발을 모으고 가득 찬 술잔을 들여다보았다. 쌀로 유명한 곳의 막걸리라 그런지 쌀뜨물처럼 맑고 뽀얀 빛을 띠었다.

짧은 인생, 권커니 잣거니는 생략하자고.

가득 채운 술잔을 입으로 가져가는 할머니에게서 몸을 돌리며 나는 막걸리를 한 모금 마셨다. 밥알을 꼭꼭 씹었을 때의 들큼한 단맛이 어금니 아래에서부터 혀끝으로 올라왔다. 바로 앉으니 할머니가 혀를 차며 다시 손을 내저었다. 그러고는 빈 잔을 앞마당을 향해 탈탈 털었다.

유월에는 수국이지. 지금이 한창이야. 꽃이 지면 장마일세.

기척에 돌아보니 늘봄이 한 손에는 사기 접시를, 다른 한 손에는 젓가락을 든 채 발로 부엌문을 닫고 있었다. 나와 할머니는 몸을 뒤로 물리며 늘봄이 들어앉을 자리를 마련해주었다. 늘봄은 정삼각형의 마지막 꼭짓점을 찍듯 자리에 앉으며 가운데에 접시를 내려놓고는 할머니와 내게 젓가락을 나누어주었다. 배추전이었다.

손녀 좋아하는 거라고 미리 해놓으셨네.

초간장은?

그냥 드세요. 짜게 드시면 몸에 해로워요.

늘봄이 젓가락을 양손에 나눠 잡고 배추전을 한 입 거리로 길게 찢었다. 할머니와 늘봄의 잔을 마저 채우니 막걸리 한 병이 비었다. 늘봄이 남은 한 병을 꺼내 내 잔에 따라주었다. 늘봄이 제 잔을 들어 할머니와 나의 잔에 짠, 짠 소리를 내며 가볍게 부딪쳤다. 배추전은 달고 고소했다. 배추전 한 조각에 술 한 입을 두어 번 반복하며 사이사이 풍경을 바라보았다. 초여름 햇살에 낮술의 기운이 올라서인지 풍경이 성큼 뒤로 물러나며 공간이 헐렁해지는 기분이었다.

이렇게 붉은 수국은 처음 봐.

그래?

늘봄이 내 쪽으로 두 다리를 쭉 뻗으며 기지개를 켰다.

여기 수국이 처음부터 붉은 건 아니었다네. 오히려 죄다 파란색이었지. 아주 오래전에는.

할머니는 술잔을 두어 번 빙그르르 돌리고는 음미하듯 천천히 마셨다.

거기에는 사연이 있다네. 핸우, 궁금한가?

떠보는 말처럼 말끝을 늘이며 할머니는 늘봄을 흘깃 쳐다보았다.

또 시작이시다.

자리에서 일어난 할머니가 두 손을 조끼 깊숙이 찔러 넣은 채 상체를 기울이고는 내 얼굴을 이쪽저쪽으로 살폈다. 그 시선을 따라 덩달아 움직이는데 할머니가 갑자기 내 한쪽 어깨를 밀듯이 툭 쳤다.

내가 사람을 묻어서 그래. 저 밑에, 수국 밑에.

할머니이…….

늘봄이 못 말린다는 표정으로 고개를 가로저었다.

나는 농담이지 싶어 입꼬리를 일부러 끌어올리며 억지웃음을 지었다.

진짜야. 여럿 묻었지. 미운 사람도 묻고 나쁜 사람도 묻고. 싫은 사람도 몇 명 묻었어.

할머니는 미간에 힘을 주며 누가 들을세라 내 귀에 대고 속삭였다.

여자 혼자 살려면 묻을 인간이 어디 한둘이었겠나. 안 그런가?

양쪽 눈꼬리가 처져 나는 웃는 것도 우는 것도 아닌 어정쩡한 표정을 짓고 말았다.

수국은 거짓말을 못 하는 꽃이래. 땅 성질에 따라 색깔이 변하거든.

피란 다녀온 후부터 자꾸 붉은 꽃이 피는 거라. 동네 사람들이 내 뒤에서 수군대. 남자를 묻어 그렇다느니 젊은 과부가 살아 터가 세졌다느니. 기라고 해? 아니라고 해?

할머니는 잔에 남은 막걸리를 수국밭으로 휙 뿌렸다.

보란 듯이 더 붉은 꽃을 만들었지.

내가 입 모양으로 어떻게, 라고 묻자 늘봄이 계란 껍데기, 하고 입을 벙긋대고는 막걸리를 빈 잔에 골고루 나누어 부었다.

1절은 여기까지.

할머니는 몹시 충족한 표정으로 늘봄이 건넨 잔을 받아 들었다.

근데 할머니, 엄마 어디 갔어요?

읍내.

읍내는 왜요?

꽁똔 쓰러 나갔어.

공돈? 돈이 어디서 났길래요?

핸우. 일어나게. 해넘이를 보러 가세.

할머니가 말을 딴 데로 돌리며 나를 채근했다. 내다보니 하늘빛이 바깥쪽부터 한층 짙어져 있었다. 마지못해 일어선 늘봄이 느릿느릿 맨발에 슬리퍼를 꿰신었다. 할머니는 벌써 문밖이었다.

진짜야?

내가 턱으로 수국을 가리키자 늘봄이 어깨를 가볍게 들어 보였다.

그거 그거 추리소설에 나오는 트릭이잖아요. 수국꽃 색이 다른 걸 알아챈 눈 밝은 형사가 마당을 파서 시체를 찾아내고 결국 범인도 잡게 되는.

우지은이 선 채로 신이 나서 말했다. 막 알파카 인형 호르헤를 판 참이었다. 호르헤는 우지은이 파는 모든 알파카 인형의 이름이었다. 남은 호르헤는 이제 두 개였다.

정말, 할머니가 거기에 사람을 묻었다고요?

생각하기 나름이죠.

우지은은 허리를 접으며 목소리를 낮췄다. 오히려 그 모습이 과장스러워 주위의 시선을 끌 정도였다. 나는 몸을 뒤로 빼며 주변을 살폈다.

할머니는 육이오 때 할아버지, 그러니까 남편과 단둘이 남쪽으로 피란을 갔어요. 겨우 열여섯이었고 시집간 지 석 달 만이었어요. 더 남쪽으로 내려오는 도중에 폭격이 있었고 그만 할아버지를 놓치게 되죠. 죽었는지 살았는지도 모른 채 할머니는 혼자서 부산으로 가요. 거기서 어느 의원에 얹혀살며 병원의 허드렛일을 거들게 되구요. 맞죠?

좀 전까지 내가 우지은에게 들려주었던 이야기였다.

전쟁이 끝나고 몇 년 뒤 할머니는 다시 고향으로 돌아오죠. 남편 없이 갓난아이 하나만 들쳐업구요. 생각해보세요. 동네 사람들 시선이 얼마나 따가웠을지. 욕은 또 얼마나 했겠어요.

그래서 할머니는 큰 개 한 마리를 얻어다 마당에 풀어놓았다고 했어요. 한겨울에는 아무도 장작을 빌려주지 않아서 마을 보호수인 은행나무의 가지를 잘라다가 불을 때는 바람에 파출소에도 잡혀갔었대요.

우지은이 엄지를 들어 보였고 나는 고개를 가로저었다.

아무리 말해도 누구 하나 사정을 봐주지 않아서 벌금 문다고 더 고생하셨대요.

내가 할머니였어도 은행나무를 탔을걸요. 얼어 죽어 뭐하게요. 나무는 다시 자라요.

우지은의 말대로 은행나무의 잘린 가지는 곁가지를 내며 다시 자라고 있었다. 비난하고 손가락질했던 사람들이 세상을 뜬 지금은 오히려 영웅 서사시 비슷하게 회자되는 중이라고 늘봄에게 들었다.

나는 격리 중에 스무 살이 되었어요.

뭔가를 생각하던 우지은이 뜬금없이 자신의 이야기를 꺼냈다.

한국에는 혼자 들어왔고 부모님은 우앙카요에서 알파카 목장을 하세요.

페루는 요즘도 상황이 안 좋아요?

그렇죠. 많이 힘들어요. 근데 제가 한국에 온 건 꼭 그 때문만은 아녜요.

한낮이 가까워지자 커피 트럭에는 시원한 음료를 사려는 사람들로 북적였다. 커피콩 가는 소리에 우지은이 잠시 말을 멈췄다.

좋아하는 사람이 있어요. 고등학교 때 미술 선생님이었어요.

전시실 바닥에 동그랗게 모여앉은 학생들 사이에서 유창한 에스파냐어로 〈꿈의 힘〉을 설명하던 마르고 섬세한 얼굴이 떠올랐다.

3년 내내 짝사랑만 하다가 졸업하자마자 고백을 했어요. 그걸 부모님이 어떻게 알았고 알자마자 날 바로 한국으로 보내버린 거예요.

왜요?

이혼남이고 나이도 나보다 스무 살이나 많아서 안 된대요. 부모님 말이 그래요. 뭘 어쩔 거냐고. 그래서 내가 당장 뭘 어쩔 생각은 없었는데 자꾸 물으니 정말 뭐라도 해야 할 것 같다고 말했어요. 나는 그저 그 사람이 좋다고 했을 뿐인데 막 몰아세우잖아요.

지은이 모자를 벗어 무릎 위에 내려놓고는 흘러내린 앞머리를 귀 뒤로 넘겼다.

지금 고모 집에 있는데 비행깃값 모으면 바로 돌아갈 거예요. 할머니 이야기를 들으며 결심했어요. 생각하더라도 돌아가서 거기서 다시 생각할 거예요.

그 사람과는 연락해요?

그럼요.

우지은이 원피스 주머니에서 휴대폰을 꺼내 흔들어 보였다.

매일 서로의 안부를 물어요. 우리는 콤파니까요.

콤파……?

콤파는 친구예요. 페루말로.

단단한 목소리와 달리 우지은의 표정에는 상심과 고민이 담겨 있었다. 나는 아침에 보았던 징검다리를 떠올렸다. 징검돌 몇 개가 물 아래 잠겨있었다. 우지은과 징검돌의 처지가 달라 보이지 않았다. 징검돌이 다시 수면 위로 올라오기 위해서 필요한 건 정도의 시간이다. 징검돌 스스로 할 수 있는 일은 없다. 시간이 지나면 수위는 저절로 낮아져 징검돌은 다시 제자리로 돌아와 제 몫을 할 것이다. 징검돌의 시간이 우지은에게도 필요해 보였다.

잔걸음을 옮기는 할머니의 뒤를 늘봄과 내가 따라 걸었다. 발소리에 쫓아 나온 옆집 개가 담장에 앞발을 걸치고는 컹컹 짖어댔다. 나는 개를 피해 길 가장자리로 걸었다. 평야와 하늘이 포개진 사이에서 지평선은 숙련된 미장이의 솜씨처럼 흠없이 매끈했다. 지평선에 내려앉은 원액의 노을이 시간에 희석되며 넓게 퍼져 나갔다. 해가 지면 달이 뜨는, 하루를 낮과 밤으로 공평하게 나눠 가지는 지평선을 보며 내 손의 하나를 내주면 너머의 다른 내가 다른 하나를 내줄 수도 있겠다는 생각이 들었다. 너머에 여기 이와 같은 세상이 있어 그곳의 내가 지금 나와 비슷한 생각을 하고 있을지도 몰랐다. 너머에서 나와 늘봄은 무얼 하고 있을까. 아직 만나지도 않았을까. 어쩌면 이미 헤어졌을 수도. 아무렴 상관없었다. 중요한 건 지금이었다. 나와 서늘봄, 우리는 연인이고 서로 사랑하고 있으므로 그것으로 나는 충분했다. 매일 이 풍경을 보았을 늘봄이 부러워졌다. 나는 한 발짝 앞서 걷는 늘봄의 손목을 잡아 하늘로 쓱 들어 올렸다.

서늘봄 승!

늘봄이 놀라 돌아보았다.

뭐야?

늘봄, 이런 곳이라면 매일매일 이기는 마음으로 살 수 있을 거 같아.

막걸리 두 잔에 벌써 취했군.

늘봄이 장난스레 쯧쯧 혀를 찼다. 그러더니 나의 남은 손목을 붙잡아 똑같이 하늘 쪽으로 들어 올리고는 내 입술에 부러 쪽 소리를 내며 입을 맞추었다. 나는 늘봄의 어깨너머로 얼른 할머니부터 살폈다. 해가 지는 쪽으로 향하는 할머니의 실루엣이 흐릿했다.

개가 다시 컹컹 짖었다. 은행나무 밑 벤치에 앉은 할머니의 머리와 어깨 위로 노을이 내렸다. 늘봄이 나를 할머니 옆으로 밀어붙이며 바짝 다가앉았다.

햇우, 보게.

할머니가 은행나무 위쪽을 가리켰다. 늘봄이 내 어깨에 턱을 모로 괴고는 할머니의 어깨를 당겨 안았다.

어떻게 올라가셨대. 지금 봐도 꽤 높은데.

느이 엄마가 앓아누워 일어나지를 못하니 어째. 앓아 죽기 전에 얼어 죽게 생겼는데 사방을 둘러봐도 땔감은 없고. 오밤중에 몰래 올라가 실한 가지 몇 개만 잘라낸다는 게 그리 표가 날 줄 누가 알았나.

죽다 살아 그런가. 엄마가 좀 독한 구석은 있어요.

새순처럼 보들보들했으면 서늘봄이 너는 이 세상에 나오지도 못했어.

늘봄에게는 아버지가 없었다. 늘봄의 생부와 헤어진 후에 임신을 알게 된 늘봄의 어머니는 끝난 관계를 되돌리는 게 과연 최선인지에 대해 깊이 생각했다. 생부를 만난 늘봄의 어머니는 당신의 아이를 가졌지만 혼자서 낳아 키울 계획이고 당신에게 어떤 법적 책임이나 부담도 지울 생각은 없다고 분명히 말했다. 할머니는 딸의 선택을 존중했고 늘봄은 할머니와 엄마의 성을 물려받아 서늘봄이 되었다. 늘봄은 내게 이렇게 말했었다. 우리 엄마도 은행나무에 올랐던 거지. 수국꽃은 더 붉어졌을 테고.
할머니 아니었음 엄마도 이 세상에 없었고 말예요.
할머니가 의자에서 등을 슬쩍 떼고는 내 눈치를 살폈다.
현우 알아요. 엄마, 할머니가 배 아파 난 딸 아닌 거.
나는 몸을 뒤로 젖히며 못 들은 척 먼 데로 시선을 돌렸다.
부산 살 때 의원서 일 거들며 제일 많이 한 게 애 받는 일이었어. 수상한 시절이었는데도 아들이고 딸이고 참 많이들 낳았어.
낮의 막바지에서 해는 평야 위로 길게 몸을 뉘며 꽃노을을 만들고 있었다. 기억의 지평선에서 건져 올린 두레박을 찬찬히 들여다보는 할머니의 뺨 한쪽이 붉었다.
한동네 살던 여자가 낳은 애였어. 남편 잃고 아들 둘만 데리고 피란 온 과부였는데 덜컥 애를 가진 거야. 죽어도 못 낳는다고, 허구한 날 찾아와 울며불며 어떻게라도 해달라고 하는 걸 아무리 생각해도 그건 아닌 거 같아. 그래서 낳아라, 낳기만 하면 내가 키우겠다고 큰소리쳤지. 과부인 건 나도 마찬가지였는데 말이지.
할머니가 혀를 끌끌거리자 늘봄이 피식 웃었고 나는 마른세수를 하는 척 손바닥으로 얼굴을 가렸다.
어째. 한 입으로 두말할 순 없잖아. 내가 핏덩이 데리고 뜨는 수밖에. 느이 엄마한테는 잘한 짓인지는 모르겠다만 나는 후회

안 해. 어쨌든 다 살았잖아. 느이 엄마도 느이 엄마의 엄마도.

우리 할머니 참 대단해. 이름만큼이나 참 평화주의자야.

……며칠 전에 말이다. 생모 큰아들이 찾아왔었어.

생모 큰아들이면…… 우리 엄마의 오빠?

상체를 일으킨 늘봄이 고개를 할머니 쪽으로 내밀며 물었다. 할머니 대신 내가 고개를 끄덕였다.

돌아가신 어머니가 딸 몫의 유산을 남겼다면서 봉투를 내놓고 갔어.

엄마는 뭐래요?

밤새 조용하더니 아침 되자마자 꽁돈은 빨리 써야 한다며 수선을 피우데. 그러고는 차 끌고 나갔어. 늘봄이 너는 그냥 모른 척해. 느이 엄마가 암 말도 안 하면.

그래야죠.

늘봄이 슬리퍼를 벗어두고는 접어 올린 두 무릎 위로 턱을 괴었다.

핸우.

네.

나는 허리를 꼿꼿이 세우며 대답했다.

우리 늘봄이 어디가 좋은가?

나는 바로 대답하지 못했는데 다 좋다고 하면 성의 없어 보일 거 같고 콕 집어 어디가 좋다고 하면 속물로 보일 터였다.

할머니, 우리가 같은 그림을 좋아해요. 현우는 그림을 그리고 나는 그림을 파니까 서로 할 이야기가 많더라고. 생각도 잘 통하고.

그것참, 좋네 좋아.

좋지 좋아.

할머니가 말했고 늘봄이 장단을 맞췄다.

참 부럽네. 나도 연애하고 싶어.

결혼도 하고?

뭐 하러. 결혼해서 과부밖에 더 됐어? 오지게 연애만 할 거야.

늘봄이 할머니에게 엄지를 들어 보였고 나는 추임새를 넣듯 고개를 끄덕였다.

어느새 날은 저물어 주위가 어둑했다. 미니슈퍼에 불이 켜졌고 간유리 너머 새어 나온 빛이 은행나무 언저리까지 퍼졌다. 멀리서 차 소리가 들렸다.

플리 마켓은 정오에 끝났다. 우지은은 마지막 호르헤를 내게 떨이로 넘겼다. 나는 낚시 의자 두 개를 접어 우지은의 백팩에 넣어주었다. 분해한 캠핑 박스와 텀블러까지 챙겨 넣고 우지은이 가볍게 손을 털었다.

액자 사러 가요?

오는 길에 다이소 봤어요.

나는 개천 너머를 손으로 가리켰다.

같이 가도 돼요?

나는 옆으로 비켜 우지은에게 길을 내주었다. 우지은이 제 키 반만 한 백팩을 들어 매고는 어깨끈을 양손으로 붙잡고 앞장섰다. 개천으로 내려가는 계단 앞에서 나는 우지은을 불러 세웠다.

비 때문에 징검다리가 잠겼어요.

그래요?

우지은이 건성으로 대답하고는 계단을 내려갔다.

우앙카요는 어떤 곳이에요?

우앙카요는 고산도시예요. 안데스산맥에 있고 일요일에 열리는 시장으로 유명해요. 대부분이 인디언이고 야마, 알파카를 많이 키워요. 제가 키우는 알파카 호르헤도 있어요. 봐요. 물이 빠졌어요.

우지은의 말대로 징검돌 전부가 물 위로 드러나 있었다. 나는 우지은의 뒤를 따라 징검돌을 밟았다.

여친이랑은 왜 헤어졌어요?

마지막 징검돌 위에서 우지은이 물었다. 나는 세차게 흐르는 개천을 바라보았다. 바람이 불자 우지은이 한 손으로 모자챙을 붙잡았다.

사람들이 말하던 그런 이유들 때문에요?

왜요? 뭔가 색다른 이유라도 있을 거 같아요?

나는 우지은에게 되물었다.

…….

우리는 세상의 많은 연인들처럼 그렇게…… 그런 이유로 자연스럽게 헤어졌어요. 누구 때문도 아니었고 무엇 때문도 아니었어요. 모든 연인들이 영화 속 주인공들처럼 구구절절한 사연으로 헤어지지는 않아요.

나는 우지은을 지나쳐 계단을 올라갔다. 해가 들어 마른자리를 디디며 올라가는데 우지은이 계단 밑에 그대로 서 있었다. 나는 나무 아래서 우지은을 기다렸고 따라 올라온 우지은이 미안하다고 말했다.

나는, 그런 이유로 헤어지는 것보다 그런 이유로 시작도 못하는 게 더 싫어요.

나와 우지은은 앞서거니 뒤서거니 이면도로를 걸었다. 주말이라 오가는 차량이 많아서 우리는 몇 번이나 차들이 지나갈 수 있도록 길을 비켜주어야 했다.

다이소에는 크기가 맞는 액자가 없었다. 사진용 액자뿐이었다. 그림을 도로 말아 넣고 밖으로 나오니 우지은이 바로 옆 편의점 문에 붙은 종이를 들여다보고 있었다.

최저 시급이면 얼마예요?

구천 얼마쯤.

우지은이 오른손 검지와 중지로 왼손바닥을 느리게 두드리며 골똘히 생각했다.

해볼까요?

여기?

내가 물었고 우지은이 고개를 끄덕였다. 우지은은 한 계단 더 올라가 편의점 유리문의 손잡이를 잡았다. 나는 한 계단 내려와 우지은을 바라보았다.

그럼 고마워요. 페루로 잘 돌아가기를 바라요.

또 쫓겨나면 어쩌죠.

우지은이 심드렁하게 말했다. 그다지 고민스러워 보이지는 않았다.

또 자가 격리해야죠. 호르헤도 팔고.

고개를 젓는 것만으로는 부족했는지 우지은은 두 팔로 손사래까지 쳐댔다. 그 바람에 우지은의 모자가 바닥으로 툭 떨어졌고 나는 허리를 숙여 모자를 집어 들었다. 우지은은 내게서 받아 든 모자를 툭툭 털어 머리에 도로 얹고는 쓱 눌렀다.

할머니에게 다녀온 얼마 후에 우리는 헤어졌다. 늘봄이 지방에 새로 연 시립미술관의 큐레이터로 가게 되며 우리는 서서히 멀어졌다. 사람들은 이별이 그리 쉬운 건 진짜 사랑이 아니기 때문이라고 말했지만 너무 아픈 사랑도 사랑이 아니라고 말할 사람들이었기 때문에 나는 흘려들었다. 몇 달 뒤에 서울에 다니러 온 늘봄이 연락을 해왔고 우리는 단골 선술집에서 만났다. 몹시 추운 날이었다. 우리는 데운 정종 한 병을 시켰고 안주로는 찐 완두콩을 골랐다. 완두콩이 콩꼬투리째 나와서 우리는 콩을 다 깐 후에 하나씩 집어 먹었다. 나는 할머니의 안부를 물었고 늘봄은 할머니가 욕실에서 엉덩방아를 찧었지만 다행히 뼈는 다치지 않았다고 말했다.

그날 밤 늘봄의 어머니는 부위별로 사 온 한우를 냉동실에 착착 채워 넣었다. 그러고도 남아 앞집과 뒷집에까지 인심 좋게 나누어주었다. 마당에 내놓은 화로에 둘러앉아 우리는 밤늦도록 고기를 구워 먹었다. 냄새를 맡고 모여든 동네 고양이들도 고기 몇 점을 얻어먹었다. 늘봄의 어머니는 살이 붙은 가장 큰 갈빗대를 담장 너머 옆집 개에게 던져주었다. 막걸리 네 병을 비우고도 아쉬웠던 늘봄이 부엌 싱크대를 뒤져 소주 한 병을 찾아냈고 할머니에게서 한 잔, 늘봄의 어머니에게서 한 잔을 거푸 받아 마신 나는 모로 쓰러져 잠들었다. 새벽에 일어나니 건넌방이었고 늘봄이 옆에서 새우잠을 자고 있었다.

늘봄은 미술관 개관 1주년 기념으로 세계의 몇몇 도시와 작품 교류전을 계획 중이고 페루도 그중 하나라고 했다. 에르네스토 아리수에뇨는 현재 호주에 거주하며 그림을 그리고 있으며 늘봄의 메일에 긍정적인 답장을 보냈다고 했다. 잘됐으면 좋겠어. 나는 진심으로 말했고 늘봄은 성사되면 초대장을 보내주겠노라고 대답했다.

우리는 길지 않은 연애를 했다. 나는 늘봄과 헤어진 후에 여러 번 썸을 타기도 했고 연애도 한 번 했다. 지나고 나니 그리움으로 남는 사람도 있고 미안한 사람도 있었다. 미련 때문에 다시 만났다가 후회로 끝난 사람도 있었다. 한 사람과 다시 만나도 사랑의 결은 이전과 또 달랐다.

난, 좋았어.

선술집 앞에서 헤어지던 밤, 늘봄이 내게 말했다.

너 만나서 나는 참, 좋았어.

코트 깃 위로 둘둘 돌려 감은 머플러가 코끝까지 덮고 있었다. 삐져나온 갈색 머리가 바람이 불 때마다 이리저리 날렸다. 나는 날리는 머리카락을 잡아 늘봄의 머플러 밑으로 넣어주었다.

누가 먼저 돌아섰는지에 대한 기억은 분명하지 않다. 성격상 늘봄이 먼저 돌아섰을 것이다. 몇 걸음 걷다 내가 돌아보았을 때 늘봄은 이미 사람들 속에서 씩씩하게 걷고 있었다. 멀어지다 한 점으로 사라지는 그 뒷모습을 나는 선 자리에서 오래 지켜보았다.

서늘봄…… 나도 참 좋았어.

호주판 여성 잡지에 실린 화가의 짧은 인터뷰를 보았다.

인터뷰어가 물었다. 당신의 그림은 무엇입니까?

무한한 꽃입니다. 꽃병의 꽃은 풍경으로, 영원으로 이어집니다. 모든 풍경은 마법입니다.

인터뷰어가 다시 물었다. 무한한 꽃은 당신에게 어떤 의미입니까?

모든 자유, 모든 희망…… 그리고 모든 사랑입니다.

전시 일정을 묻는 마지막 질문에 화가는 웃으며 답했다.

곧 한국에 갑니다. 한국에서의 첫 전시회라 벌써부터 설레네요. 기대가 큽니다.

---

* 에르네스토 아리수에뇨(Ernesto Arrisueno)는 페루 화가이다. 현재 호주에 살고 있으며 주요 작품으로는 〈소원과 분홍 장미〉, 〈구르는 돌〉, 〈고립된 수수께끼〉 등이 있다. 화가와의 인터뷰 일부분은 『우먼카인드(womankind)』 한국어판 vol.14에서 빌려왔다.

우리의 공갈 젖꼭지 나무

다정은 주머니 속의 담배를 만지작거리다 말고 흘깃 벽시계를 쳐다보았다. 마지막 교시가 절반 넘게 지나 있었다. 남은 시간은 20분. 담배 한 대를 피우고 나서 교실 청소까지 하고 나면 딱 맞을 시간이었다. 짙은 파랑으로 선팅된 창문을 투과해 들어온 오후 볕에 교실 바닥이 푸른 바닷속처럼 투명하게 일렁였다. 창문을 반쯤 열자 건너편 2층으로 개척교회가 내다보였다. 아멘. 담배를 꺼내 물며 다정은 중얼거렸다. 다정은 개신교 신자는 아니었다. 단지 저 개척 청신에 대한 경외일 뿐이었다.

다정은 창문과 벽 모서리 사이에 몸을 반쯤 숨기고 서서 손등 위로 담배를 토옥톡 두드렸다. 중간고사 마지막 날이었고 교실에는 아무도 없었다. 옆 반도 조용했다. 불을 붙인 담배의 첫 모금을 길게 빨아들였다. 그리고 더 길게 뱉었다. 담배 연기는 곧장 날아갔다. 그 직진이 부러웠다. 전진도 여의찮아 제자리뛰기와 후진만 몇 년째였다.

젊어 고생은 사서도 한다지. 아버지가 말했다. 다정의 아버지는 늙도록 가난했다. 인생은 오뚝이 같아서 넘어져도 다시 서게 되어있어. 어머니는 말했다. 다정의 어머니는 오랜 관절염으로 앉고 서기도 힘들어했다.

다정한 부모님은 의기소침한 딸을 가운데 두고 앉아 딸의 양쪽 두 날개 자리를 정성스러운 손길로 어루만져주었다. 간지러움을 참지 못해 두 어깨를 으쓱 끌어올리면 신기하게 날개라도 돋은 듯 몸이 가벼워졌고 헤실헤실 웃음까지 새어 나왔다. 그러면 부모님은 이제 됐다는 표정을 지으며 남은 손으로 무릎을 토닥여주었고 마무리로 손까지 꼭 잡아주었다.

벌컥 문이 열렸다. 마지막 모금까지 내뱉고는 팔을 휘휘 저으며 교실에 고인 연기를 창밖으로 몰아내던 중이었다. 얼음! 다정은 그대로 얼어붙었다. 창밖으로 내민 손끝에는 미처 없애지 못한 담배가 들려있었다. 술래는 한솔이었다. 한솔은 문손잡이를 쥐고 한 발은 교실에 한 발은 복도에 걸친 채 꼼짝 않고 서 있었다. 흡흡. 들숨을 짧게 끊어 마시며 발원지를 찾던 한솔의 시선이 다정의 손끝에서 멈췄다. 분필로 볼 수도 있잖아. 묘수가 아닌 자충수라는 걸 다정은 바로 알아챘다. 교실 칠판은 보드판이니까. 보드 마커라고 우겨볼까. 그러려면 다정의 손끝에 들린 건 쿠바산 시가여야 했다. 다정을 얼음에서 풀어줄 묘안은 딱 하나뿐. 다른 방법이 없었다. 다정은 손끝에서 힘을 뺐다. 땡! 기다렸다는 듯이 한솔이 교실로 남은 발을 들이며 등 뒤의 문을 꼭 닫았다. 새어 나가면 곤란한 것이 무엇인지 잘 안다는 듯이. 한솔은 백팩을 벗어 책상 옆 발치에 버리듯이 내려놓으며 의자에 앉았다. 창가 쪽 맨 뒤, 창과 벽의 두 면이 만나는 구석 자리였다. 먼저 앉는 사람이 없는 한 그 자리는 한솔 차지였다. 항상 가운데나 맨 앞에 앉는 아이가 있는 반면에 늘 테두리 자리를 떠도는 아이가 있다. 한솔은 후자였다. 등 뒤를 비우면 칼이라도 맞을 것처럼 벽이나 창 쪽에 등을 붙이고 앉는 걸 선호했다.

왔니?

다정은 창문을 닫고 교탁으로 돌아와 일없이 깨끗한 보드판을 지웠다.

오늘 국어 시험 쳤지?

다정은 자신이 술래가 되어 공수를 바꾸기에 가장 적절한 질문을 한솔에게 던졌다.

네.

한솔이 순순히 인정했다.

점수 매겨봤어? 몇 점 나왔어?

안 매겼어요. 어차피 내일이면 가채점 나오잖아요.

부루퉁과 심드렁의 합집합 같은 목소리로 한솔이 대답했다. 더 못 치면 정말 곤란했다. 원장의 심각한 얼굴과 상담 전화로만 만났던 한솔 엄마의 차분하면서도 찹찹했던 목소리가 떠올랐다. 다정은 한솔의 학원 국어 담당이자 담임이었다.

시험지 내놔봐. 샘이 매겨보게.

다정은 바닥의 백팩을 들어 한솔의 책상 위에 올려놓았다. 한솔은 별다른 저항 없이 가방을 열고 손을 집어넣더니 뭔가를 한 움큼 집어냈다. 하. 다정은 한숨을 내쉬었다. 한솔이 책상 위에 늘어놓은 것은 똑같은 크기의 딱지와 비행기였다. 딱지는 국영수 두 장짜리 시험지였고 비행기는 미술, 음악 같은 한 장짜리 시험지였다.

샘, 그래도 국어를 제일 잘 친 거 같아요.

다정은 야무지게 접힌 딱지를 하나씩 들어 앞뒤로 살피며 영혼 없이 고개를 끄덕였다. 한솔이 음표가 보이는 비행기를 집어 들어 앞 책상을 향해 휙 던져 올렸다.

샘, '나의 모국어는 침묵'이라고 하면 그건 역설법이에요, 반어법이에요?

시험에 류시화의 에세이가 나온 모양이었다. 저자가 미국의 인디언 축전에 참가했을 때의 경험을 쓴 글로 대화에 앞서 침묵으로 상대방을 느끼는 걸 중요시하는 라코타족에 대한 이야기를 담고 있었다.

우리 한솔이는 뭐라고 생각했을까?

다정이 국어 시험지 딱지를 풀며 물었다.

……찍었어요.

다정은 라코타 부족처럼 침묵했다.

글은 참 좋더라고요. 그래서 두 번이나 읽었어요.

한솔이 여운을 즐기듯 턱을 괴고는 문학 소년처럼 창 쪽으로 고개를 기울였다.

복사해야 하니까 딱지랑 비행기 다 펴놔.

교탁으로 돌아와 손날로 시험지의 구김을 펴며 다정은 1번 문제부터 풀어나갔다. 첫 단추를 잘 끼워야 결과도 좋다. 첫 문제를 맞힌 시험은 점수가 좋다. 그건 다정의 시험 징크스였다. 전 과목의 첫 문제를 다 맞혀도 잘 안될 걸 알면서도 그래도 출발만큼은 산뜻하게 하고 싶었다. 자신이 맡은 아이들의 시험지도 마찬가지였다. 짐작대로 시험지에는 「나의 모국어는 침묵」의 일부분이 첫 지문으로 실려있었다. 주머니에서 빨간 볼펜을 꺼내 드는데 교실 문이 벌컥 열렸다. 희미하게 남은 담배 냄새를 숨기듯 다정은 숨을 흡 들이켰다. 한솔이 날린 비행기가 열린 문에 부딪쳐 바닥으로 툭 떨어졌다. 얼음이고 땡이고 할 틈도 없었다. 세탁소 아저씨는 망설임도 없이 쫓아 들어와 한솔의 교복 셔츠를 빠르게 낚아챘다.

너지? 너야!

달려 들어온 원장이 세탁소 아저씨의 한쪽 팔을 붙들며 말렸다.

사장님, 사장님. 진정하시고 일단 확인부터 하는 게…….

세탁소 아저씨가 붙잡힌 팔을 크게 돌려 홱 뿌리치고는 다시 한솔의 멱살을 잡았다.

세탁소 바로 위가 이 교실이고. 여기서 내던진 담배꽁초 때문에 손님 패딩에 빵꾸가 났는데 뭔 확인이 필요해요? 머리에 피도 안 마른 게 벌써부터 담배질이나 하고. 피우려거든 곱게나 피우던가.

원장은 다정에게 좀 말려보라는 눈치를 주었지만 다정은 다시 얼음이었다. 보이는 건 멱살이 잡힌 채로 좌우로 흔들리는 한솔의 창백한 얼굴뿐이었다.

사장님, 이 학생이 그랬다고 볼 수도 없는 게.

옆 반의 수학 선생이 보탠 말이 오히려 화근이 되고 말았다.

얘가 그랬다고 볼 수 없다? 그러면.

세탁소 아저씨가 한솔의 멱살을 잡은 채로 다정을 돌아보았다.

여기 젊은 선생이 피웠다는 거요? 그런 거요?

다정은 칼날 같은 시선을 피하지도 못하고 마른 침만 꿀꺽 삼켰다.

그런 거냐고요?

세탁소 아저씨가 말끝을 꾹꾹 눌러 다시 물었고 더 이상은 버티기 어렵다고 다정은 생각했다. 잘리는 것도 문제지만 구스 다운이면 상당히 비쌀 텐데. 눈을 질끈 감았다 뜨며 다정이 입술을 뗐다.

죄송해요.

한솔이 멱살을 잡힌 채 웅얼거렸다.

잘못했어요.

내 이럴 줄 알았어. 이 새끼, 그게 얼마짜린 줄이나 알아? 나와. 나와서 앞장서.

세탁소 아저씨가 멱살을 쥐고 있던 손을 풀어 셔츠 자락을 단단히 틀어쥐고는 한솔을 앞장세워 교실 밖으로 내몰았다. 사색이 된 원장이 조급히 따라 나갔다. 한솔의 자리 밑으로 뭉개진 시험지가 흩어져있었다. 다정은 국어 시험지를 다시 풀기 시작했다. 다행히도 한솔은 첫 문제를 맞혔다.

복도로 들어서니 된장찌개 냄새가 났다.

복도식 아파트의 맨 끝 집 현관문은 마른 다정이 쏙 들어갈 만큼 알맞게 열려있었다. 식어도 맛있고 다시 끓이면 더 맛있다고 해도 엄마는 늘 금방 끓인 찌개를 다정의 밥상 위에 올렸다.

다정 엄마, 우리 다정이 왔어.

막 욕실에서 나온 아버지가 잰 손으로 바지 자락을 정리하고는 다정의 신발을 모아 바깥쪽으로 돌려놓았다.

금방 씻고 나왔는데. 아버지, 손 버려.

손이야 다시 씻으면 되지. 이렇게 해두면 내일 나갈 때 우리 딸 편하고 기분도 좋잖아.

아버지는 현관 앞에 쪼그려 앉아 자신과 아내와 딸의 신발을 나란히 붙여놓았다. 아파트 경비원으로 일할 때 재활용함에서 꺼내온 운동화는 바깥쪽 뒤축이 닳아 구멍이 나기 직전이었다. 양반은 못 되니 걸음이라도 팔자로 걸어보는 거지. 아버지의 그 팔자걸음이 보기 싫어 큰맘 먹고 사 온 나이키 운동화를 아버지는 신발장에 고이 모셔놓고 좋은 날에만 꺼내 신었다. 셋 중에 제일 좋은 신발은 엄마의 기능성 단화였다. 다훈을 낳고 시작된 류머티즘성 관절염이 몇 년 전부터 부쩍 심해져 일반 신발로는 10여 분 걷는 것도 힘이 들어 기대 반 의심 반으로 맞춤 제작한 신발이었다. 기분 탓인지 몰라도 한결 덜 아프다고 하면서도 어머니는 아껴 신을 궁리만 했다. 다정의 때 묻은 캔버스화까지 놓인 현관의 풍경만으로도 가난이 증명되는 것 같아 속상한 다정과 달리 아버지와 엄마는 나란히 놓인 아빠 신발, 엄마 신발, 딸 신발, 아들 신발의 단란함과 다정함을 아꼈다.

부엌과 마주 보는 욕실은 두 팔을 벌리면 닿을 정도로 좁았지만 그 사이에는 작은 식탁이 놓여있었다. 부엌을 지나 방으로 들어가려면 바깥쪽에 앉은 사람이 수저를 놓고 일어서서 비켜주어야 했다. 관절염이 심해 바닥에 앉는 게 고역인 엄마를 위해 다훈이 당근마켓에서 산 식탁이었다. 작은 식탁이었지만 워낙 상차림이 간소해 비좁을 일이 없었고 식구도 다훈 없이 셋뿐이라 크게 불편하지는 않았다. 마른김과 달래장, 금방 끓인 된장찌개와 갓 지은 밥을 놓고 다정의 가족은 수저를 들었다. 엄마가 찌개에서 두부를 건져내 다정의 밥 위에 올려주었다.

우리 다정이 얼굴이 해쓱하네. 학원에서 무슨 일 있었어?

일은…….

다정은 두부를 으깨 밥에 비벼서 마른김에 싸 입으로 가져 갔다.

낮에 다훈이 전화 왔었어. 시험 끝나고 바로 내려온다고 하더라. 이불 너무 오래돼서 버려야겠다길래 누나한테 물어보라고 했어. 집에 있는 거라도 가져갈래?

훈이랑 통화해볼게요. 참, 이번 달 생활비.

다정은 식탁 의자에 걸어둔 크로스 백에서 봉투를 꺼내 엄마

밥그릇 옆에 내려놓았다.

엄마가 봉투를 다시 다정 앞으로 밀었다.

다시 서울 가서 공부하려면 한 푼이라도 더 있어야지. 넣어둬. 지금은 아버지도 일하니 나쁘지 않아.

그 돈 떼놓고 드리는 거예요.

엄마의 손에 봉투를 들려주고는 다정은 찌개를 한 숟가락 크게 떠먹었다. 엄마는 봉투를 사이에 두고 기도하듯 두 손바닥을 가슴 앞에서 모았다.

너는 집 걱정 말고 올라가. 이번 일이 우선 6개월 하고 봐가면서 한두 달 연장도 가능하다니 한동안은 괜찮아.

아버지가 밥을 뜨다 말고 손으로 오른 턱밑을 감쌌다. 왼쪽의 빈 어금니 자리를 채우지 못해 오른쪽으로만 음식을 씹다 보니 턱에 무리가 간 것이었다. 달래듯 어루만지며 다시 천천히 밥을 씹어 넘기는 아버지를 다정은 속상한 마음으로 바라보았다. 아버지는 성실했지만 평생을 이 일 저 일 전전하며 살았다. 엄마는 함께 살면서 한 번도 아버지를 원망하거나 탓하지 않았다. 오히려 부족한 만큼 같이 메우면 된다고 생각해 미싱 일을 하다가 난청이 왔고 손목에 무리가 와서 약을 먹어야 했다. 아버지는 시에서 지원하는 일자리 창출 사업에 지원서를 낸 게 통과해서 지난달부터 일을 나가고 있었다. 동네의 할당된 구역에서 쓰레기를 줍는 환경미화원 비슷한 일이라고 했다. 다정은 어려서 아버지의 성실과 긍정이 비천하고 남루한 삶을 숨기기 위한 보호색이 아닐까 생각한 적도 있었지만 아버지는 태생이 그런 사람이었다. 콩 하나에 감사할 줄 아는 사람이었다. 아버지란 자리를 성직으로 여기며 사는 사람이 어찌 비천할 수 있겠는가.

원장실로 오세요.

수업 자료를 복사하는데 원장의 문자가 들어왔다. 올 게 왔구나. 다정은 교무실을 나가 3층 원장실로 올라갔다. 노크하고 들어가자 원형 테이블 안쪽에 앉은 원장이 보였고 다정에게서 등지는 자리에 누군가 앉아있었다. 대개 학원에 아이를 보내는 학부모들이 앉는 자리였다. 컬이 굵은 웨이브의 어깨 단발 밑으로 각이 잡힌 갈색 재킷에 같은 색 바지를 입고 꼰 다리 위에 포개 올린 두 손이 엄격하면서도 단정해 보였다.

인사하세요. 이한솔 어머니세요.

원장이 한쪽 눈썹을 슬쩍 치켜올리며 다정에게 신호를 보냈다. 어떤 뜻인지 몰라 눈치를 살피는데 예상보다 원장의 표정은 부드러웠다. 한솔 엄마가 의자를 돌리며 다정을 마주 보았다. 놀랄 만큼 미인이었고 얼굴에는 미소까지 띠고 있었다.

아, 한솔이 학원 선생님.

화난 기색이 전혀 없이 그저 환한 얼굴이었다. 한솔이 세탁소 아저씨에게 잡혀 나간 어제 이후의 상황은 전혀 알지 못해 다정은 어떤 표정도 지을 수 없었다.

어제 많이 놀라셨죠? 옷값은 변상했어요.

한솔이가 아버지 담배를 재미 삼아 피워보려다 그렇게 된 거라네요. 그 나이 때 애들 호기심도 많고 다들 그렇잖아요.

원장이 말을 보태며 한솔 엄마를 향해 자본주의적 미소를 지어 보였다. 탁자 위에는 큰 베이커리 봉투가 놓여있었다.

한솔이 어머니께서 정 선생 얼굴 한번 보고 싶어서 지나는 길에 들르셨대요. 이렇게 롤케이크까지 사서 오셨어요.

애가 안 한 탓이겠지만 국어 성적이 반 토막이라 다른 학원으로 옮기려고 했는데 한솔이가 절대 안 옮긴다고 하네요. 국어샘이 좋다고. 학원 다니며 한 번도 그런 말을 한 적이 없는데, 좀 놀랐어요.

다정은 원장실의 구석구석을 살폈지만 카메라 같은 건 없었다. 원장과 한솔 엄마가 다정을 완곡한 방법으로 해고하는 중이 아닌 건 분명했다. 한솔 엄마는 두 손을 풀며 옆자리에 놓인 클러치백을 들고 일어섰다. 가슴께에 달린 진주 브로치가 단색 재킷 위에서 돋보였다. 어머님보다는 사모님이라는 호칭이 더 어울리는 이미지였다.

형은 과학고 다닌다네요.

원장이 비밀을 나누듯 은근하면서도 뿌듯한 목소리로 속삭였다.

한 핏줄인데 한솔이가 형의 반값도 못 하네요. 이런 식이면 인서울은 어렵지 않겠어요?

한솔 엄마는 클러치를 옮겨 들고 빈손으로 다정의 손목을 부드럽게 잡으며 눈을 마주쳤다.

정다정 선생님 믿고 다시 맡기는 거예요. 애 성적, 좀, 잘 부탁드려요.

한솔 엄마는 다정에게 눈인사를 보내고는 원장실을 나갔다. 애를 좀 부탁한다고 했으면 다정은 노력하겠다고 대답했을 것이다. 한솔이를 잘 부탁한다고 했으면 최선을 다해보겠다고 대답했을 것이다. 그 말이 그 말이라고 할 수도 있겠으나 다정은 말에 있어 어디에 방점을 찍느냐에 따라 어감이 완전히 달라진다고 생각했다.

남으라는 말을 할 필요도 없었다. 한솔은 수업을 마치고도 같은 반 애들이 모두 나갈 때까지 자리에 앉아 느릿한 손으로 가방을 싸고 있었다. 창을 열고 보드판을 지우고 책상의 열을 맞추고 의자를 책상 밑으로 넣어 정리하는 동안에도 한솔은 말없이 기다렸다. 다정은 교탁 위의 참고서를 세워 탁탁 소리가 나게 두드렸다. 그제야 한솔이 가방을 한쪽 어깨에 메고는 다정 앞으로 걸어와 섰다.

샘, 저한테 할 말 없어요?

한솔은 우회하지 않고 단도직입적으로 물었다. 기본값인 '고맙다'와 '미안하다'란 말이 자존심이란 벽에 걸려 쉽게 나오지 못했다. 이런저런 말들을 최후의 패처럼 만지작거리다 툭 던진 말은 터무니없었다.

시키지도 않은 거짓말을 한 건 너야.

한솔이 의외의 말에 놀랐는지 눈을 두어 번 깜박이며 다정을 보았다. 잠시 후 고개를 끄덕이고는 말했다.

네, 맞아요. 샘이 그러라고 시키지는 않았어요.

그런데 뭐?

한솔은 검지로 교탁의 모서리를 문지르며 뜸을 들였다.

그게 말로 하기는 좀 어려운데요. 샘은 어른이잖아요.

난감한 국어 성적과 달리 한솔의 말에는 요점과 맥락은 없으면서도 상대를 몰아붙이는 힘은 있었다.

내가 어른스럽지 못했단 거니? 그렇다 해도 네가 했다고 나설 일은 아니었잖아.

샘이 어른이라서 그런 거예요. 아무래도 그런 일은 어린애가 했다고 하는 편이 더 낫잖아요. 어제 샘 얼굴은 완전 죽상이었어요.

상황적으로는 일리 있는 말이었지만 잘했다고 할 수도 없는 노릇이었다. 세탁소 아저씨에게 수모를 당하고 부모님께 혼나며 변상까지 했으니 한솔에게는 좋을 게 하나도 없는 선택이었다.

뭐 어차피 곧 그만둘 거였어. 한 달 일찍 잘린다고 큰일 나지 않아.

그래도 쪽팔리잖아요.

…….

옷값은요? 샘은 소녀 가장이라서 벌어야 한다고 했잖아요.

수업 시간에 졸고 자고 딴짓만 하는 줄 알았더니 주워들은 말도 있었던 모양이었다. 더는 물러설 수 없이 쥐구멍 앞이었다. 미안하게 됐다고 말해야 그나마 어른스럽기라도 할 터였다.

샘, 우리 기브 앤 테이크해요.

다정은 애한테 약점 제대로 잡혀 남은 한 달 고달프지나 않을까 하는 걱정부터 들었다. 차라리 지금이라도 양심선언하고 일을 바로잡는 게 낫지 않을까.

기브 앤 테이크?

빗소리에 깨어 시간을 확인하니 새벽 네 시가 지나 있었다. 다정은 거실로 나가 베란다 문을 닫았다. 큰방을 겸하는 거실 안쪽에서는 부모님이 곤히 잠들어 있었다. 다정은 방으로 돌아가려다 엄마가 덮고 있는 이불을 들치고 몸을 새우처럼 말아 곁에 누웠다. 기척을 느낀 엄마가 끙 소리를 내며 바로 누웠다. 어려서는 동생까지 네 식구가 이 거실에서 함께 잤다. 남은 방 하나는 다정의 방이기는 했지만 잠잘 때를 제외하곤 연년생인 다훈과 같이 공부방으로 썼다. 워낙 어려서부터 익숙했기에 불편함은 없었다.

다훈이 지내는 서울의 고시원도 마찬가지였다. 고시를 준비하고 시험을 치는 1년씩 둘이서 번갈아 쓰고 빠지며 지낸 게 벌써 4년째였다. 곧 시험을 치는 다훈이 내려오면 다정이 학원을 그만두고 다시 서울로 올라가서 바통터치를 해야 한다. 지금으로선 둘 중 하나만 먼저 합격해도 한시름 덜고 경제적으로도 부담이 덜 될 터였다. 다훈이도 지금 자고 있겠지. 창문 안 닫으면 책상으로 비가 들이쳐 책이 젖을 텐데. 다정은 눈을 감으며 엄마의 어깨에 코를 박고 냄새를 맡았다. 손은 엄마의 가슴께를 더듬고 있었다. 완만한 능선으로 이어진 엄마의 두 가슴은 작지만 연한 새순처럼 부드러웠다. 다정은 엄마의 왼쪽 젖가슴에 손을 올려놓고 손바닥으로 전해지는 심장박동을 들었다. 연년생으로 태어난 다훈에게 젖을 빼앗기는 바람에 충분히 엄마 젖을 먹지 못한 다정이 가지게 된 잠버릇이었다. 엄마는 칭얼대는 다정의 입에 대신 공갈 젖꼭지를 물려주었다. 동생이 엄마 젖을 떼도록 다정은 공갈 젖꼭지를 떼지 못했고 결국 위 대문니가 살짝 벌어진 채 나고 말았다. 다정은 엄마의 가슴에 손을 올려놓은 채 따라 숨을 쉬었다. 마시는 숨에 꿈꾸듯 부푼 가슴이 되고 내쉬는 숨에 안도하듯 쓸려 내려가는 엄마의 숨을 따라 쉬다 보면, 태중으로 돌아가 가없는 안전과 평화를 누리는 기분이었다.

엄마가 이불 밑에서 팔을 뻗어 다정의 허벅지를 토닥였다. 다정도 엄마의 가슴에 손을 얹은 채 손가락 끝으로 토닥여주었다. 빗소리가 먼저 깊어졌는지 밤이 먼저 깊어졌는지도 모르게 다정은 다시 잠이 들었다.

한솔은 대합실 끝자리에 앉아있었다. 다가가 어깨너머로 들여다보니 휴대폰 게임 삼매경이었다. 다정이 어깨를 툭 치자 한솔이 잠깐만요, 잠깐만요를 외치고는 몇 분이 지나서야 게임을 끝내며 일어섰다.

졌어요.

이기지도 못할 거 뭐 하러 해.

잘해보고 싶어서요. 어떻게 맨날 이겨요? 질 때도 있는 거죠.

즉문즉설 같은 한솔의 말에 다정은 따분한 표정을 숨기지 않았다.

좋을 때다. 맨날 져도 두렵지 않을 나이. 그게 네 나이지.

살짝 꼬인 다정의 말에도 한솔은 아랑곳하지 않고 주머니에서 꺼낸 표를 내밀었다.

동서울터미널에서 내려 지하철 타면 환승 없이 바로 갈 수 있대요. 걸어서 가도 되고요. 시간 다 됐어요. 가요, 샘.

한솔은 다정이 메고 있는 백팩의 한쪽 어깨끈을 잡고는 이끌 듯이 앞장서 걸었다. 서울까지는 편도 세 시간, 왕복 여섯 시간 거리였다. 점심나절에 출발해 당일치기로 다녀오기에는 빠듯한 시간이었다. 주말 서울행인데도 버스에는 빈자리가 더 많았다. 한솔과 다정은 통로를 사이에 두고 떨어져 앉았다. 버스가 후진하며 타는 곳에서 점점 멀어졌다.

한솔, 아무리 일일 보호자라도 어딜 가는지 정도는 알아야 하지 않겠어?

나쁜 짓 하러 가는 거 아녜요.

한솔이 다정에게 원한 기브 앤 테이크는 동반 서울행이었다.

집에는?

학원에 국어 보강 있다고 둘러댔어요.

다정이 좌석 등받이에 상체를 묻으며 고개를 절레절레 저었다.

구독하는 유튜브가 있어요. 엄청 유명한 채널은 아닌데요. 얼마 전에 드디어 구독자 5만을 넘겼어요.

한솔이 다정을 향해 손가락 다섯 개를 펴 보였다.

기념으로 첫 구독자 모임을 하는데 거기에 초대받았어요. 애독자 스무 명 한정이래요!

한솔의 말에서 뿌듯함이 느껴졌다.

좋겠네.

다소 비아냥스러운 어투였지만 다정은 진심이었다. 야박할 정도로 한정된 정원 안에 무리 없이 들어가는 것. 탈락과 실패의 쳇바퀴를 멈추고 허락된 자가 되는 것. 그것이 지난 몇 년간 다정이 간절히 바라 온 것들이었다.

뭐 하는 유튜븐데?

꽁보리네 보리예요.

꽁보리네 보리?

한솔이 휴대폰의 유튜브 채널을 열어 다정에게 내보였다.

얘가 보리예요. 멋있죠?

은근한 자랑스러움을 담아 한솔은 입꼬리를 말아 올리며 기꺼운 동의를 구하듯 물었다.

한솔이 내민 화면 속에는 골든리트리버 한 마리가 만개한 웃음을 지으며 정면을 응시하는 모습이 담겨있었다. 다정의 눈길을 더 잡아끈 것은 개의 증명사진보다 섬네일이었다. 탈락탈락,

보리의 삼수 견생!

흡연 구역은 휴게소 뒤편에 있었다. 너머로 보이는 길쭉한 저수지 위로 산 능선이 비쳤다. 다정은 갓 불을 붙인 담배를 한 모금 길게 빨아들이고는 한숨처럼 뱉어냈다. 중2한테 꼬투리 잡혀 이 화창한 날에 개 유튜브 모임에나 끌려가고 있는 스스로가 한심했다. 끊어야지, 끊고 말지. 다정은 담뱃재를 털며 내년에는 이 손에 담배 대신 교편을 쥐리라 다짐했다.

가난한 일상으로 평생을 살면서도 늘 자족했던 부모에게 한 번쯤은 차고 넘치게 자랑스러운 자식이 되어보고 싶었다. 가난해 욕심을 모르는 건지, 욕심이 없어 가난한 건지 모를 부모는 자식에게도 욕심을 부리지 않았다. 낳고 키우는 동안 걱정할 만큼 처지지 않은 이유도 있었겠지만 자식은 그릇의 물과 같아서 차고 넘치는 것보다 채울 자리가 보여 마음이 조금씩 쓰일 때가 좋다는 게 부모님의 생각이었다. 산도 하늘도 담을 정도의 저수지 정도면 되려나. 손끝에서 담배가 타들어 가는 줄도 모르고 상념에 빠져있던 다정의 눈에 계단을 내려오는 한솔이 보였다. 한솔은 별말 없이 흡연 부스의 바깥벽에 비켜서서는 저수지를 내려다보았다.

한솔.

한솔이 부스 기둥에 몸을 기댄 채 귀를 기울이듯 고개만 슬쩍 돌렸다. 솜털 같은 귀밑머리가 햇빛에 반짝였다. 다정은 메마른 자신의 턱을 일없이 만지고는 아직 남은 담배를 비벼 껐다.

왜 그랬어?

뭘요? 어, 샘 가마 두 개다. 샘, 가마 두 개예요.

한솔은 까치발로 다정의 정수리를 들여다보며 딴소리를 했다. 빛과 공기만으로도 클 나이였다. 덜 자란 건 아직 아이의 티를 벗지 못한 목소리뿐이었다.

가마가 두 개면…….

다정은 한솔의 말꼬리를 싹둑 잘랐다.

시집 두 번 간다고. 한 번도 생각 없는데 두 번씩이나. 분발해야겠네.

한솔이 졌다는 듯 두 손을 슬쩍 들어 보이고는 이내 팔을 뻗어 저수지를 가리켰다. 잔바람에 물이 일렁이고 있었다.

샘하고 저하고 눈이 딱 마주쳤을 때 말예요. 샘 눈이 꼭 저 저수지 같았어요.

학원 선생이 교실에서 담배 피우다 걸렸는데 어떻게 동공 지진이 나지 않겠냐고 대답하려는데 한솔이 말을 이었다.

눈동자가 막 흔들리는 거예요. 샘도 잘못하면 나처럼 쪼는구나. 샘은 지금 겁나 쫄리겠다. 그렇게 생각하니까 샘이 세상 친근하게 느껴지는 거예요.

그런데 정신 못 차리고 이렇게 또 피워대니, 우리는 더 친해지겠네.

다정이 자조 섞인 말을 던지고는 주차장으로 걸음을 옮겼다.

샘.

한솔이 두어 걸음 뒤에서 따라오며 불렀다.

그거 알아요?

대답을 바라고 던지는 질문 같지 않아서 다정은 대꾸하지 않았다.

학원에서 샘이 애들 부를 때 버릇.

기사 아저씨가 버스의 앞 타이어를 발로 툭툭 차는 모습이 멀리 보였다.

샘은 애들 이름을 부를 때 항상 우리라는 말을 붙여요. 우리 한솔이 왔니…… 우리 한솔이가 풀어볼래…… 우리 한솔이 혼날래…… 우리 한솔이 국어 성적이 이게 뭐야…….

다정은 자신에게 그런 말버릇이 있는지 몰랐으나 한솔의 말이 맞을 거라는 건 알 수 있었다. 이름을 부를 때 '우리'를 앞에 붙이는 건 부모님의 버릇이기 때문이었다. 우리 다정이, 우리 다훈이. 부모님의 입에서 나오는 우리라는 말은 한 울타리처럼 언제나 보드랍고 따뜻했다. 언젠가 부모님께 그 이유를 물은 적이 있었다. 다른 집은 애들이 크고 나면 그렇게 안 부르는데 왜 아빠 엄마는 우리가 다 크도록 그렇게 부르냐고.

엄마와 아빠한테 우리라는 말은 사랑이야. 우리 다정이는 사랑하는 다정이야. 우리 다훈이는 사랑하는 다훈이고. 엄마와 아빠는 가난해서 너희 둘에게 줄 게 많이 없어. 사랑하는 마음밖에. 미안하면서도 감사하고 대견하면서도 든든한 말이야, 우리는.

다정은 버스에 오르며 잠깐 한솔에게 이 이야기를 해줄까 생각했지만 바로 고개를 저어 털어버렸다.

샘, 저는 그 말이 참 듣기 좋아요.

자리에 앉자마자 다정은 이어폰을 꺼내 귀에 꽂고는 눈을 감아버렸다. 앞문이 닫히는 소리와 함께 버스가 움직이기 시작했다. 다정은 곁눈질로 건너 좌석을 살폈다. 한솔이 창 쪽으로 몸을 기울여 밖을 내다보고 있었다. 마른 어깨에서 자라난 긴 팔을 괴고 하늘을 올려다보는 옆모습이 난생처음 시를 쓰는 소년 같았다. 이발 시기를 살짝 놓친 듯한 머리카락을 바람이 적당히 헝클어놓아 그렇게 보였을지도 모르겠다. 다정은 눈을 감으며 입속말로 우리를 두세 번쯤 반복해보았다. 우리…… 우리…… 우리…….

구독자 모임은 동서울터미널에서 도보로 20여 분 떨어진 작은 식당에서 열렸다. 식당은 〈꽁보리네 보리〉 유튜버, 그러니까 보리 견주의 고모가 운영하는 비빔밥집이라고 한솔이 미리 말해 주었다. 터미널에 도착한 다정은 가까운 재래시장으로 가서 덮는 이불을 5만 원 주고 샀다. 구름 문양이 들어간 연회색 이불이었다. 고시원에 두고 다훈과 같이 쓸 이불이라 서로의 취향을 타지 않는 걸로 골라야 했다. 여름 이불은 아니어서 제법 부피가 나갔지만 무겁지는 않았다. 한솔은 휴대폰의 지도 앱을 확인하며 몇 발 짝 앞서 걸었다. 길눈이 밝은지 두리번거림 없이 나아가는데 발끝부터 신이 나 있었다.

행사장 입구에서 초대 명부를 확인한 후 보리 얼굴을 넣어 만든 스티커 두 장을 기념 굿즈로 받았다. 한솔과 다정이 마지막으로 테이블에 자리를 잡고 앉자 대학생으로 보이는 앳된 얼굴의 보리 견주가 자리에서 일어서며 눈인사를 했다. 견주의 오른편에는 오늘의 주인공 보리가 앞발을 세우고 점잖게 앉아있었다. 목덜미의 복슬복슬한 크림색 털이 유순해 보이는 얼굴과 잘 어우러져 큰 덩치에도 귀엽다는 인상을 주었다. 보리는 분홍색 혀를 쏙 내밀고 입꼬리를 끌어올리며 활짝 웃고 있었다.

보리는 시각 장애인 안내견 후보견이었어요.

한솔이 다정 쪽으로 상체를 기울이며 속삭였다. 다정이 돌아보자 한솔이 견주의 말을 들어보라는 듯이 턱짓으로 앞을 가리켰다. 견주가 말을 이어갔다.

구독자 여러분도 잘 아시다시피 우리 공씨 집안 막내딸 보리는 시각 장애인 안내견 양성 학교에서 태어난 골든리트리버입니다. 시각 장애인 안내견이 되기 위해서는 한 살이 될 때까지 일반 가정에서 사회화 학습을 위한 퍼피 워킹 훈련을 받습니다. 보리는 그렇게 저희 집에 오게 되었습니다. 보리는 강아지 때부터 흔한 말로 똥꼬발랄했는데요. 너무 에너지가 많아 한시도 가만히 있지를 못했어요. 될성부른 나무는 떡잎부터 알아본다는 속담이 있잖아요. 아무래도 보리는 안내견이 되기는 어렵겠다는 생각이 그때부터 좀 있었는데요. 아니나 다를까요. 안내견 학교로 돌아가 훈련 후 치른 첫 시험에서 보기 좋게 탈락하고 말았습니다. 탈락 사유는 사람을 너무 좋아해 자꾸 한눈을 팔아서라네요.

모인 구독자들이 웃음을 터뜨렸다. 보리가 탈락 사유를 증명하듯 고개를 이쪽저쪽으로 돌려가며 귀를 쫑긋거렸다.

그렇게 첫 시험에서 쓰라린 실패를 맛본 보리는 재수에 도전합니다. 그러나 마지막 야외 테스트에서 다시 떨어지고 마는데요. 탈락 사유는 다들 알고 계시죠?

다정의 앞 테이블에 앉아있던 한 남자가 말했다.

역시 사람을 너무 좋아해서죠.

맞습니다. 안내견이 되려면 주인만 바라보는 지고지순함이 좀 있어야 하는데 보리는 뭐랄까요. 만인을 사랑하는 개라고 하면 맞을까요. 결국 보리는 재수에 실패하고 일반 분양을 통해 저희 집으로 돌아오게 되었습니다. 저도 입사 시험에 두 번이나 떨어져 의기소침해 있을 때였는데요. 보리는 시험에 두 번이나 떨어지고도 너무 즐거운 거예요. 보리나 저나 일도 없고 시간은 많아서 재미 삼아 찍어 올린 게 〈꽁보리네 보리〉 유튜브 채널의 시작이었어요. 보리는 삼수를 포기했지만 저는 올해 다시 도전 중이구요.

구독자들이 박수와 휘파람으로 견주를 격려했다. 한솔이 유튜브를 열어 보리의 퍼피 워킹 시절이 담긴 동영상을 다정에게 보여주었다. 견주의 말대로 보리는 한시도 가만히 있지 않고 사방으로 뛰어다니며 사람들한테 관심을 보였다.

구독자 모임은 채널의 인기 동영상 보기, 퀴즈 대회, 보리와 기념사진 촬영 후 견주의 고모가 준비한 비빔밥을 먹는 것으로 끝났다. 비빔밥은 맛있었고 다정과 한솔은 약속이나 한 듯 남기지 않고 다 먹었다. 견주와 보리는 식당 밖에 서서 돌아가는 구독자들과 일일이 인사를 나누며 다음을 기약했다. 한솔의 반강요로 다정은 얼떨결에 보리와 얼굴을 맞대고 인증 사진까지 남겼다.

날은 완전히 저물어 올 때와는 다른 낯섦이 있었다. 다시 걸어서 터미널로 돌아가는데 한솔의 손에 이불 가방이 들려있었다. 사진 찍느라 잠깐 내려놓은 걸 한솔이 챙겨 든 모양이었다. 달라고 해도 주지 않을 테고 괜히 실랑이만 할 거 같아 내버려두었다.

구독자들은 어떤 사람들이야? 강아지 좋아하는 사람들이 많으려나.

떨어져 본 사람들이요. 실패하고 탈락해본 사람들이 많아요.

동병상련이라는 건가. 어쨌든 보리는 그냥 개일 뿐인데.

그러니까요. 시험에 계속 떨어졌다고 울지도 않고 기도 안 죽고 더 신나니까요. 해맑잖아요. 댓글을 보면 그냥 위로가 된다는 글이 많아요. 구독자들은 농담으로 보리가 안내견 시험에 두 번이나 떨어진 건 공씨 집안에 돌아오기 위한 보리만의 빅 피처였을 거라고 말해요. 성공보다는 행복을 선택한 거죠.

다정은 담배를 처음 피웠던 때를 떠올렸다. 사범대학을 졸업한 그해에 본 첫 임용고시에 불합격 통보를 받은 날이었다. 재수는 절대 없다는 마음으로 학교 도서관에서 살다시피 하며 준비했고 합격을 기대했던 터라 낙심이 컸다. 며칠째 바닥만 보며 한숨을 폭폭 내쉬는 다정에게 삼수 끝에 합격한 선배가 피우다만 담배 한 갑을 물려주며 말했다. 세상 아무리 기죽은 사람이라도 담배만 물려주면 고개를 들게 되어있어. 담배 연기를 길게 내뱉으려면 일단 고개를 들어야 하거든. 근데 이상한 게, 그게 위로가 된다. 선배의 궤변에 속는 척하며 넘겨받은 담배를 한 대 두 대 태우며 다정은 어느새 흡연자가 되어있었다. 선배의 말도 아예 틀린 말은 아니었다.

먼저 온 다훈이 터미널 앞에서 기다리고 있었다. 한솔에게서 이불을 넘겨받은 다훈이 근처에 싸고 맛있는 통닭집이 있다고 말하며 앞장서 걸었다. 시장통 입구에 위치한 가게는 포장과 배달이 많은 곳인지 홀은 넓지 않았다. 셋은 반반 메뉴로 주문을 하고 안쪽 테이블에 앉았다. 벽에 걸린 텔레비전은 EBS에 채널이 맞춰져 있었고 다큐멘터리가 방영 중이었다. 생맥주 두 잔과 콜라 한 병이 바로 나왔다. 다훈이 콜라를 따자 한솔이 두 손으로 유리잔을 받쳐 들었다. 그런 한솔이 귀여웠는지 다훈이 다정을 보며 싱긋 웃었다.

예닐곱 살 된 아이의 손을 잡은 젊은 엄마가 울창한 숲으로 이뤄진 공원을 걸어가는 모습이 화면에 잡혔다. 아이의 손에는 작은 꾸러미가 들려있었다. 모자가 멈춰 선 곳은 유독 가지가 사방으로 넓게 늘어진 나무 앞이었다. 나무는 주위의 다른 나무들과는 다른 모습을 하고 있었다. 이파리 사이로 언뜻언뜻 보이는 가지에 작은 뭔가가 주렁주렁 매달려있었다. 드문드문 카드나 색 풍선 같은 것들도 보였다. 아이는 엄마를 남겨두고 홀로 나무 가까이 걸어갔다. 나무는 그리 크지 않아서 늘어진 가지는 아이의 손에도 충분히 닿았다. 아이는 경건한 표정으로 고개를 들어 나무 꼭대기를 올려다본 뒤 가져온 꾸러미에서 뭔가를 꺼냈다.

어! 우리 누나가 좋아하는 거다.

다훈이 화면을 가리키며 목소리를 높였다.

샘이 저걸 좋아한다구요?

한솔이 뜨악한 표정으로 물었다.

좋아하긴 누가. 너 땜에 그랬던 거지.

여섯 살 때까지 누나 사진 보면 전부 공갈 젖꼭지 물고 있잖아. 공갈 젖꼭지 늦게 떼면 다른 것도 늦된다고 해서 엄마가 걱정 많았다고 했어.

다정은 애 앞에서 무슨 소리냐는 듯 인상을 쓰며 다훈을 흘겨보았다.

아이는 공갈 젖꼭지를 두 손바닥 위에 올려놓고 기도를 하듯 손을 포갰다. 음 소거된 텔레비전 화면 아래로 자막이 흘렀다. 고마워. 잘 가. 아이는 작은 손으로 직접 공갈 젖꼭지에 색 끈을 연결해 나뭇가지 하나에 매달았다. 아이 엄마의 인터뷰에 따르면 북유럽에서는 아이들이 어느 정도 자라면 쓰던 공갈 젖꼭지를 나무에 직접 매달며 유아 시절에 작별을 고하는 의식을 치른다. 그 나무의 이름이 공갈 젖꼭지 나무라고 했다.

저 의식을 안 해서 누나가 늦된 건가? 그럼 지금이라도.

다훈이 장난스레 두 손을 포개며 기도를 하려는데 마침 주문한 통닭이 나왔다. 주문한 반반 통닭은 다른 곳보다 훨씬 푸짐했다.

먹어봐. 가게는 허름해도 맛은.

다훈이 엄지척을 해 보이며 씩 웃었다. 다훈과 다정은 생맥주를 들어 가볍게 건배했다. 다훈이 장난으로 한솔에게 한잔할래, 하고 물었고 긴가민가한 표정의 한솔이 다정의 눈치를 살폈다. 다정은 대답 대신 젓가락으로 다훈의 정수리를 툭 때렸다. 한솔은 낯을 가리면서도 다훈의 질문에 꼬박꼬박 답해주었다. 구독자 모임과 꽁보리네 채널에 대해 이야기할 때는 얼굴에 화색이 돌았고 목소리는 한 톤 밝아져 있었다. 다훈은 맞장구와 호응을 반복하며 한솔의 이야기에 귀를 기울였다. 다정은 맥주를 홀짝이며 교사에 더 적합한 사람은 자신이 아닌 다훈일지도 모른다고 생각했다.

떨어져 본 사람들은 그 심정 알지. 얄궂게도, 떨어지는 모든 것들에 마음이 쓰이거든. 한솔이 너는 잘 모르겠지만.

다훈이 스스로에게 답하듯 고개를 끄덕이고는 한솔만 들으라는 듯 상체를 낮게 기울여 자신도 공무원 시험 재수생이라고 속삭였다.

저도 그 기분 조금은 알 거 같아요.

다정이 의자에서 등을 떼며 옆에 앉은 한솔을 돌아보았다.

떨어지는 기분을 알 거 같다고?

말끝이 올라가 따지는 말투가 되고 말았다.

다른 의미로요. 제게는 형이 있어요. 형은 고1이고 과학고에 다녀요.

형이 공부를 잘하나 보네.

엄청요. 저랑은 비교도 안 되게요.

한솔이 테이블의 모서리를 검지로 연신 문질렀다. 이런 모서리는 모두 지워 없애겠다는 듯이. 다정은 큼직한 프라이드 닭다리 하나를 한솔의 접시에 옮겨주었다.

엄마 아빠는 좋은 분들이지만 제 성적에는 무척 예민해요. 외가, 친가 통틀어 공부 못하는 사람은 저 하나라 더 그런 거 같아요. 그래서 늘 듣는 말이 형보다 머리가 떨어진다…… 형보다 성적이 떨어진다…… 형만 못하다…… 예요.

그래서 보리가 좋은 거구나.

다훈은 한솔이 나눠준 보리의 사진 스티커를 집어 찬찬히 들여다보다가 보리가 가장 환하게 웃고 있는 사진을 떼어내 다정의 휴대폰 뒷면에 붙였다. 다정이 폰을 빼앗았지만 한솔이 보는 앞에서 스티커를 바로 떼어내기도 뭐해서 혀를 차며 맥주를 들이켰다.

다정이 괜찮다는데도 다훈은 터미널 타는 곳까지 따라왔다. 통닭 한 마리가 만든 친분의 힘으로 한솔과 다훈은 전화번호를 교환했다. 한솔은 바로 다훈에게 문자로 〈꽁보리네 보리〉 유튜브 채널 링크를 보내주었다.

누나, 나는 다음 주 수요일에 내려갈 거야. 엄마한테 우리 다훈이가 가자미조림 먹고 싶어 한다고 전해줘.

쓰던 이불은 종량제 봉투에 넣어서 버려. 나는 너 내려오면 다음 날 바로 올라올 거야.

우리 한솔이도 잘 가고.

다훈이 손을 흔들며 서너 걸음 물러섰다. 다정과 한솔은 막 시동이 걸린 버스에 올라 뒤쪽 창가 자리에 떨어져 앉았다.

샘.

버스가 톨게이트를 지나 서서히 속력을 올리기 시작할 때쯤 잠든 줄 알았던 한솔이 다정을 나지막한 소리로 불렀다. 다정이 돌아보자 한솔이 앞자리 시트에 시선을 고정한 채 두 손끝을 톡톡 치고 있었다.

샘, 학원 그만둬요?

나도 이제 내 공부해야지.

남 얘기하듯 다정은 덤덤하게 말했다.

국어 선생님 되는 시험이요?

응.

자신 있어요?

다정은 대답 없이 손에 쥔 휴대폰을 만지작거렸다. 해맑게 웃던 보리의 얼굴이 떠올랐다.

역설법과 반어법은 잘 가르칠 만큼.

샘.

잠시 말이 없던 한솔이 다시 다정을 불렀다.

아까 헤어질 때 다훈이 형이 제게 뭐라고 했는지 아세요?

…….

우리 한솔이라고 했어요. 우리 한솔이.

반추하며 읊조리듯 한솔의 말끝이 낮게 떨어졌다.

네가 퍽 괜찮아 보였나 보지.

샘도 저보고 우리 한솔이라고 하잖아요.

다정은 통닭집에서 다훈이 우리 한솔이라고 불렀을 때 반색하던 한솔의 얼굴이 떠올랐다.

조용. 버스 안에서 길게 떠드는 거 아냐.

다정은 창 쪽으로 돌아앉으며 부러 엄격한 말투로 한솔의 말을 끊었다. 학원 드라마의 진부한 결말은 사양하고 싶었다. 기브 앤 테이크. 한솔의 말대로 그 정도가 딱 좋다고 다정은 생각했다.

다훈은 가자미조림으로 밥 두 공기를 비웠다. 엄마가 먹기 좋게 식은 숭늉을 덜어주었고 셋은 티타임을 즐기듯 밀린 얘기를 나누며 숭늉을 마셨다. 다훈은 오랜만에 설거지를 자청했고 엄마는 다훈의 밀린 빨래 중 손빨래할 것들을 챙겨 욕실로 들어갔다. 다정은 미리 싸둔 캐리어 두 개를 현관 한쪽에 바짝 붙여놓고는 밖으로 나갔다.

아파트 뒤편으로 벤치가 놓인 작은 빈터가 있는데 그곳은 인근 주민들의 암묵적 흡연 구역이었다. 벤치는 등나무 지붕을 이고 있어 봄여름에는 나름의 운치도 있었다. 다정은 담배에 불을 붙이며 벤치 끝에 걸터앉았다. 내일부터는 다시 수험생으로 돌아가 고시원과 학원을 오가는 생활을 다음 시험일까지 반복해야 한다. 재수에 이은 삼수였고 다정은 이번이 마지막이라고 마음먹었다. 다훈과 다정이 번갈아 가며 돈을 벌고 공부를 한다 해도 한집에 고시생이 둘이나 있는 건 부모에게 큰 부담이었다. 다정은 담뱃재를 털며 휴대폰에 붙은 보리 스티커를 보았다. 떨어지는 게 대수냐는 듯 보리는 환하게 웃고 있었다. 서울에 다녀온 후 바로 학원을 그만두었기에 한솔은 다시 보지 못했다.

인기척에 돌아보니 아버지가 아파트 외벽을 따라 팔자걸음으로 걸어오고 있었다. 노란 형광 조끼를 입고 양손에는 종량제 봉투와 큰 집게를 들었다. 근무시간을 넘긴 퇴근길에도 아버지는 집게로 작은 쓰레기와 담배꽁초를 주웠다. 중간중간 걸음을 멈추고 수풀과 블록 사이에서 작은 쓰레기를 집어내던 아버지가 다정을 보고는 집게를 들어 흔들었다. 다정은 담배를 든 채 두 손을 허리 뒤로 숨겼다. 다정이 담배를 피운다는 걸 부모님도 알고 있었지만 보는 데서 피운 적은 없었기에 다정은 불량 청소년이 된 것 같은 묘한 기분이었다.

다훈이는 내려왔어?

다정이 손가락으로 집을 가리키자 아버지는 고개를 끄덕이며 다정이 뒤로 숨긴 손 쪽을 살폈다.

그냥 피워. 그러다 손 데겠어.

다정이 쭈뼛거리며 손을 앞으로 가져오자 매달려있던 담뱃재가 바닥으로 툭 떨어졌다. 다정은 상체를 숙여 바닥에 담배를 짓눌러 꺼버렸다. 벤치 근처에 있던 분유통 재떨이는 어디로 갔는지 보이지 않았다. 선 자리에서 이리저리 둘러봐도 마땅히 버릴 데가 보이지 않았다.

버려.

아버지가 집게로 바닥을 가리켰다. 다정은 말귀가 어두운 사람처럼 되묻듯이 아버지를 보았다.

그냥 버려.

다정은 이러지도 저러지도 못하고 선 채 여태 담배를 끊지 못한 스스로를 탓했다.

괜찮아.

…….

괜찮대도. 버려.

아버지는 집게를 게 앞발처럼 붙였다 떼어 보인 후 바닥에 대고 가볍게 탁탁 쳤다.

아버지가 치워줄게.

다정이 꽁초를 세상 무겁게 든 채 서 있는 동안 아버지는 말없이 다정을 기다려주었다. 오후 늦볕에 점점 길어지던 아버지와 다정의 그림자가 바닥에서 머리를 맞댔다.

……죄송해요.

뭐가?

아버지도 안 피우는 걸…….

나도 공사판 일할 때는 좀 했어. 사는 게 고단하니까. 핑계 대고 한숨 한 번 쉬는 거지.

아버지는 망설이는 다정의 손에서 꽁초를 가져가 종량제 봉투에 담았다.

고단하겠지, 우리 다정이도.

천천히 오라는 듯 손을 가볍게 내젓고 아버지는 먼저 어둑해진 공터를 빠져나갔다. 실루엣이 흐릿해질수록 안전 조끼의 형광빛은 더 선명해졌다. 눈이 부신 것도 아닌데 다정은 그 빛을 견딜 수 없는 사람처럼 돌아섰다. 가로등이 아직 켜지지 않아 다행이라고 생각하며 다정은 손바닥으로 눈가를 훔쳤다.

다정이 한솔의 문자를 받은 건 두어 달 뒤였다. 학원에서 야간 수업을 마치고 고시원으로 돌아가는 밤이었다. 편의점 밖 파라솔에 앉아 컵라면이 익기를 기다리며 삼각김밥을 한입 베어 무는데 메시지가 들어왔다.

샘! 〈꽁보리네 보리〉 실버 버튼 받았어요.^^

다정은 휴대폰 뒷면의 보리 스티커를 보았다. 테두리가 닳긴 했어도 여전히 보리가 혀를 빼고 웃고 있는 모습은 그대로였다.

샘! 아직도 담배 피워요?

다정은 테이블 위의 담배를 주머니에 쓸어 넣었다.

끊었다.

다시 휴대폰이 울렸다. 갈기 없는 수사자 라이언이 다정을 향해 왕따봉을 거푸 날려주었다.

다정은 컵라면의 면발을 휘휘 저었다. 편의점 테이블은 고시생들로 빈자리가 없었다. 쫓기듯 먹는 고시생들의 모습이 거울 속 제 모습 같아서 다정은 속이 쓰렸다. 다정은 들고 있던 젓가락을 내려놓고는 손바닥으로 푸석한 얼굴을 쓰윽 훑어 내렸다. 속절없이 기분이 가라앉을 때는 별다른 방법이 없었다. 오르락내리락하는 마음의 변곡선을 따라 같이 출렁이며 스스로 상처 내지 않도록 조심하는 게 전부였다.

뜨거운 면발을 후후 불어 식히다가 다정은 문득 공갈 젖꼭지 나무를 떠올렸다. 그 아이가 궁금했다. 공갈 젖꼭지를 나무에 매달며 'Say good-bye'로 작별을 고하던 아이는 늦되지 않게 잘 자라고 있을까. 그 아이는 어쩌면 다정, 자신일지도 몰랐다. 다 커서까지도 엄마 젖가슴을 더듬는 자신이, 어릴 적 그 공갈 젖꼭지를 찾아 나무에 걸어준다면 자신 또한 더 이상 늦되지 않고 나아갈 수 있을까. 다정은 궁금했다.

알람이 울렸다. 인강으로 복습까지 하려면 시간이 얼마 없었다. 10분 내로 먹고 일어서야 했다. 다정은 뜨거운 면발을 입 안으로 밀어 넣으며 다른 손으로 휴대폰을 열었다. 화면 상단에 섬네일이 걸려있었다. 고깔모자를 쓴 보리가 실버 버튼을 앞에 두고 웃고 있는 섬네일이었다. 다정은 이어폰을 끼고 재생 버튼을 눌렀다. 영상 속에서 보리는 여전히 행복해 보였다. 댓글 창에는 금방 올라온 한솔의 축하 글도 있었다. 다정은 한솔의 댓글에 대댓글을 쓰려다 그만두었다. 다시 문자가 들어왔다.

샘. 구독과 좋아요, 부탁요.

이번엔 소심한 오리 튜브가 제 오리발을 손에 들고 빌고 있었다. 다정은 좀 신중해지기로 했다.

기브 앤 테이크. 국어 80.

부랴부랴 일어나 편의점을 나서려는데 다시 휴대폰이 울렸다. 보지 않아도 한솔의 대답을 알 것 같았다. 다정은 휴대폰을 주머니에 집어넣고는 뛰듯이 걸었다. 느낌이 좋았다.

스노볼

형사가 전화로 아이의 상태를 알렸을 때 아이 아빠는 상파울루에, 아이 엄마는 리스본에 있었다. 아이 부모는 잠긴 목소리로 알겠다고 대답했다. 형사는 돋보기를 벗으며 세계 전도에서 눈을 뗐다. 서둘러도 내일이겠군. 혼잣말을 하며 형사는 미간을 짚었다.

아이는 지금 중환자실에 있고 곁에는 아무도 없다. 손목 안쪽에 붙어있는 살구색 밴드를 제외하고는 아이의 몸은 매우 깨끗했다. 몸에 달린 거라곤 심전도 센서가 전부였다. 심박은 규칙적이었고 안정적이었다. 잠을 자듯 아이의 얼굴은 평온했다. CT와 MRI 결과도 이상 없었다. 오른쪽 관자놀이 위쪽으로 난

500원짜리 동전만 한 멍이 유일한 상처였는데 그마저도 하루 사이에 실반지 같은 테두리만 남기고 부쩍 옅어져 있었다. 쓰러질 때 오른쪽 뒤통수가 바닥에 부딪히며 뇌진탕을 일으켰지만 그걸 의식불명의 직접적 원인으로 보기는 어려웠다. 형사는 아이의 이마에 난 상처에 주목했다. 열상 없는 타박상이었다. 멍의 모양으로 보았을 때 묵직하고 매끄럽고 둥그런 무언가에 제대로 맞았을 거라는 의사의 말에 형사는 말없이 고개를 끄덕였다.

그날 아이는 다른 아이 셋과 함께였다. 2월 하순이었고 아이 넷 모두 같은 초등학교를 졸업했으며 각기 다른 중학교에 진학할 예정이었다. 보통의 또래 아이들처럼 초등학생과 중학생 사이에서 소속감 없이 어정쩡하게 시간을 보내던 즈음이었다. 중등 예비반에 다니고 있었지만 학교 다닐 때에 비하면 비교적 시간에 여유가 있었다. 학원을 마친 아이들은 맥도널드에서 우연히 다시 만났다. 앞뒤로 줄을 섰고 똑같이 빅맥 세트를 주문했으며 줄줄이 2층으로 올라가 창가에 일렬로 앉았다. 창밖을 내다보며 묵묵히 햄버거를 먹던 중 한 아이가 자기 패티가 작다고 투덜거렸고 그 말에 나머지 세 명이 무심코 빵을 들춰 패티 사이즈를 비교하면서 대화가 시작되었다. 아이 넷은 그날 오후,

쓰러진 아이의 집으로 몰려갔다. 대여섯 시쯤 되었을 때였고 순식간에 해가 져 주위가 어둑어둑했다. 형사는 아파트 경비원의 증언과 아파트 CCTV로 그 사실을 확인했다. 그 후 119에 신고하던 새벽 3시까지 넷 중 아파트를 떠난 아이는 없었다. 주문한 피자와 치킨을 받기 위해 현관문을 두 번 열었고 두 명의 배달 기사가 다녀가긴 했지만 그 외 집 안으로 들어온 이는 없었다. 배달 기사들의 증언과도 일치했다. 피자 배달 기사는 쓰러진 아이는 평소에도 자주 배달을 시켰는데 그날도 직접 문을 열어주고 계산까지 했다고 말했다. 그게 7시쯤 되었을 때였고 아이에게서 이상한 낌새는 전혀 없었다고 했다. 그로부터 20분이 지나 치킨 두 마리를 배달한 치킨 배달 기사는 문은 다른 아이가 열어줬지만 쓰러진 아이가 한 손에 피자를 든 채 따라 나와 치킨값을 치렀다고 증언했다. 닫히는 문 너머로 아이들의 환호성이 들렸다고 치킨 배달 기사는 분명히 말했다.

쓰러진 아이는 자기 방에서 의식을 잃고 엎드린 채였으며 나머지 셋은 오디오 룸과 서재 그리고 거실에서 널브러져 자고 있었다. 화장실에 다녀오던 한 명이 쓰러진 아이를 발견하고는 바로 119에 신고했다. 구급대가 현장에 도착했을 때 집 안에는 술 냄새가 진동했고 어른들은 아무도 없었으며 아이들은 잔뜩 취해 있었다.

형사는 아이의 집 앞에서 하얀 면장갑을 오른손에 끼었다. 손을 장갑에 밀어 넣고 손가락 새새를 다지듯 눌렀다. 손가락으로 콩알만 한 번호를 꾹꾹 누르자 경쾌한 음이 흘렀다. 길게 뻗은 복도의 벽면은 온통 검은 대리석이었다. 금가루를 뿌린 듯 대리석은 반짝거렸다. 넓은 현관에는 아이의 운동화 두 짝이 파울볼처럼 흩어져있었다. 신발장 한쪽에는 아이의 신발이 가득 들어있었는데 택도 뜯지 않은 새 운동화들이 대부분이었다. 아이의 취향이라고 하기엔 그 수가 꽤 많아 보였다. 형사는 흩어진 운동화 두 짝을 주워 나란히 놓았다. 닳은 뒤축이 기우뚱 내려앉았다.

어두운 복도 끝에는 거실과 주방이 마주하고 있었다. 뷰가 상당히 좋은 집이었다. 거실 창으로 한강은 물론 그 너머의 둔치까지 훤히 내려다보였다. 그러나 화려한 외경에 비해 거실은 심플하다 못해 휑하기까지 했는데 보통 TV가 걸리기 마련인 벽 쪽으로는 베이지 톤의 아트 월이 전부였고 오른쪽으로 치우친 자리에는 아이보리 대리석으로 만든 고급 장식장 하나가 놓여있을 뿐이었다. 장식장 안에는 다양한 종류와 크기의 술병들이 진열돼 있었다. 뜯지 않은 상자도 제법 보였다. 한 병쯤 없어진다 해도 쉽게 눈치채지 못할 정도로 양이 상당했다.

형사는 아트 월을 등지고 섰다. 기역자 모양의 아이보리색 리

클라이너 소파 앞으로는 원목 테이블이 있었고 그 위의 피자, 치킨 박스에는 식어버린 피자와 치킨 몇 조각이 들어있었다. 발라낸 닭 뼈와 먹다 남긴 피자 테두리가 테이블 위에 버려지듯 자리했으며 김빠진 콜라 페트병이 테이블 귀퉁이에 위태롭게 놓여있었다. 형사는 주방 식탁과 협탁 그리고 바닥에 있던 세 개의 유리잔을 가져와 테이블 위의 유리잔 옆에 나란히 놓았다. 잔은 모두 네 개였다. 거의 다 비운 잔도 있었고 반 넘게 남은 잔도 있었다. 형사는 잔을 들어 코끝에 대고 냄새를 맡았다. 달큼하지만 잔향은 매웠다. 콜라는 아니었다. 그보다 색이 더 연하고 투명했다. 마실 기회가 흔치 않지만 형사도 개인적으로 좋아하는 것이었다. 형사는 잔을 든 채 허리를 숙여 테이블 밑을 들여다보았다. 그리고 조심스레 손을 뻗어 병을 꺼냈다. 금박이 화려한 병에는 술이 3분의 1가량 남아있었다. 주머니 안쪽에서 휴대폰이 울렸다. 음, 음. 잠자코 듣고만 있던 형사는 10분 후에 출발하죠, 라고 대답하며 테이블 위에 로열 살루트 38년산을 내려놓았다.

아이의 방은 현관 바로 오른쪽에 있었다. 욕실과 마주한 방은 직사각형에 가까웠다. 문 옆으로 붙박이장이 있었고 벽을 따라 싱글 침대 그리고 창 쪽으로 일체형 책상과 책장이 기역자로 놓여있었다. 자동차와 장난감 병정이 프린트된 벽지가 발라진 삼면에 비해 나머지 한 면은 진한 마요네즈 색의 민무늬 벽이었다. 그 벽을 따라 좁고 긴 철제 선반이 5단으로 설치돼 있었다.

스노볼은 철제 선반 위로 한 줄에 열서너 개씩 놓여있었다. 60여 개는 족히 되어 보였다. 크기는 제각각이었지만 구형과 날리는 눈가루의 일관성은 같았다. 형사는 스노볼 하나를 들어 올렸다. 어릴 적 동생과 갖고 놀던 구슬이 떠올랐다. 연초록의 투명한 작은 구슬 안에 담긴 금붕어 꼬리 같은 주황색 띠는 빛을 받을 때마다 비늘처럼 반짝이곤 했었다. 크기로 자잘한 구슬들을 압도하던 왕 구슬도 기껏해야 호두알 크기 정도였는데 스노볼은 테니스공만 한 것부터 심지어 아기 머리통만 한 것까지 있었다. 스노볼은 도시 이름이 새겨진 받침 위로 투명한 유리볼이 올려져 있고 그 안에 도시를 상징하는 건축물 조각이 들어있는 형태였다. 볼 안의 세상은 실제 기후와는 상관없이 어느 곳이나 눈이 소복하게 쌓여있었다. 형사는 손에 든 스노볼을 허공에서 서너 번 흔들었다. 볼 안에서 순식간에 눈보라가 일었다. 형사는 눈보라가 완전히 가라앉을 때까지 기다렸다. 헛도는 눈송이는 아름답다기보다 다소 괴괴한 느낌이었다.

건희

아이는 침대 끄트머리에 앉아 머리를 벽에 짓찧듯 콩콩 박고 있었다. 눈과 코, 입 주위가 붉은 반점으로 얼룩덜룩했다. 팔뚝까지 걷어 올린 환자복 아래로는 굵은 바늘 자국이 선명했다. 병실 안에 들큰한 술내가 가득했다. 4인실 병실에는 아이 혼자뿐이었다. 형사는 다행이라고 생각했다. 술 취한 아이를 좋아할 어른은 없다. 형사는 문가에 서서 아이를 바라보았다. 형사를 본 아이는 입을 연신 씰룩거리더니 기어이 입술을 자근자근 씹어대기 시작했다. 핏발 선 눈에 힘이 들어갔다. 아이는 두 손으로 입을 막았다. 입술 새로 으윽, 윽 신음이 흘렀다.

"꽤 좋은 술을 마셨더구나."

형사는 맞은편 침상에 걸터앉았다. 벽에 부딪힌 아이의 시선이 맥없이 떨어졌다.

"혼내려는 건 아니다. 물론 칭찬할 일도 아니지만."

아이의 눈에서 눈물이 후두둑 떨어졌다. 덩치만 컸지 고작 열넷이었다.

"전 너무 취했었어요. 바로 쓰러졌다고요. 아무것도 기억이 안 나요."

형사는 작은 수첩을 펼쳐 들고 기다렸다. 아이는 입술과 손톱을 번갈아 물어뜯고 팔뚝의 바늘 자국과 반점을 벅벅 긁어댔다. 헤매던 아이의 시선이 형사의 발치에서 손에 들린 수첩으로 올라왔다가 형사와 눈을 마주치고는 이내 툭 떨어졌다. 그러고는 숨을 깊게 들이마셨다.

"우리는 맥도널드에서 만났어요. 아주 우연히요. 그리고 비틀스처럼 나란히 횡단보도를 건너갔어요. 비틀스 같단 말은 민호가 했어요. 난 비틀스 몰라요."

형사는 쓰러진 아이, 민호네 집의 오디오 룸을 생각했다. 턴테이블과 수백 장의 LP가 빼곡히 들어찬 방이었다. 탁자 위에 비틀스의 앨범이 있었다. 와이드 팬츠를 입은 네 멤버가 횡단보도를 줄지어 건너가는 사진이 담긴 앨범 재킷이었다.

"계속하렴."

"……제가 집에 들어가기 싫다는 말을 먼저 했어요. 범규가 나도, 라고 말했구요. 동우는 그럴 때다, 라며 애어른 같은 소리를 했어요. 민호가 그럼 우리 집에 갈래, 라고 물었어요. 그래서 다 같이 민호 집으로 가게 된 거예요."

"왜 집에 들어가기 싫었니?"

아이는 조개처럼 입을 모으며 입꼬리를 내렸다.

"말하기 싫니? 말하고 안 하고는 네 자유다만 괜한 오해받기 싫으면 날 이해시키는 게 좋아."

아이는 잠시 머뭇거렸다.

"학원 마치고 집에 가려는데 엄마에게서 문자가 왔어요. 손님이 있으니 놀다 들어오라고. 자주 있는 일이에요. …… 손님은 남자예요."

"왜 그렇게 생각하지?"

"엄마 몰래 집에 들어간 적이 있었는데 현관에서 남자 구두를 봤어요."

"그래…… 고맙구나. 말해줘서."

아이의 엄마는 30대 중반의 싱글 맘으로 외제 차 딜러였다. 아이를 만나기 전 병실 앞에서 잠시 이야기를 나누는 중에도 끊임없이 휴대폰이 울렸다. 약속을 잡고 바쁘게 병원을 나서면서도 잊지 않고 형사에게 명함을 건넸다.

"그 방엔 스노볼이 참 많더구나."

"그렇게 많은 스노볼은 처음 봤어요. 그걸 스노볼이라고 부른다는 것도 그날 처음 알았어요. 민호 엄마, 아빠가 출장 다녀올 때마다 선물로 사다 준 거라는데 완전 신기했어요. 근데 민호는 스노볼이 싫댔어요. 보고 있으면 외롭다고. 우리가 좋아하니까 민호가 하나씩 가지랬어요. 스위스만 빼고."

"스위스?"

"그때는 외롭지 않았대요. 가족이 다 같이 갔기 때문에."

"너는 뭘 골랐지?"

아이는 침대 시트 위로 하, 와, 이 세 글자를 또박또박 적었다.

"거기 있대요, 아빠가. 제가 태어나기 전에 헤어졌는데 엄마는 제가 원하면 언제든 아빠 연락처를 주겠대요."

"물어봤니?"

아이는 고개를 가로저었다.

"아뇨, 아직은…… 스노볼에선 하와이에도 눈이 내렸어요. 근데 하와이는 덥잖아요?

"아마도. 1년 내내."

"아빠가 있다는 게 거짓말 같아요. 하와이에 내리는 눈같이."

형사는 아이의 눈을 가만히 바라보았다. 믿는 것보다 믿지 않는 것들이 하나둘 늘어나는 시기였다. 스노볼 속의 흩날리는 눈을 보며 형사도 같은 생각을 했었다.

"더 할 말 있니?"

아이는 고개를 저었다. 처진 눈꼬리 때문인지 아이의 얼굴은 울상에 가까웠다. 형사는 수첩을 덮고 자리에서 일어섰다. 그리고 명함을 꺼내 아이에게 내밀었다.

"더 할 말이 생각나거든 전화하거라."

아이는 링거를 단 손을 뻗어 명함을 받았다. 형사는 아이의 행동을 주의 깊게 살폈다.

"왼손잡인가 보구나."

아이는 움찔했다.

"민호는 스노볼에 오른쪽 머리를 맞았어. 그렇다면 민호를 친 사람은 왼손잡이란 얘기겠지."

주머니에 명함을 넣는 아이의 왼손이 떨렸다.

"예외도 있지만 보통은 그렇다."

아이가 창백한 얼굴로 고개를 들었다.

"다른 애……들은요?"

"이제 만나볼 참이다."

범규

세 번의 시도 끝에 아이의 아버지와 연결이 되었다. 형사가 신분을 밝히자 몇 초간의 침묵이 흘렀다. 형사는 정중하게 아이와의 면담을 요청했다.

"응하지 않겠습니다. 저희는 부모로서 아이를 보호할 의무가 있습니다."

전화기 너머의 목소리는 단호하고 냉랭했다.

"맞는 말씀입니다만 몇 가지 물어볼 게 있습니다."

"우리 아이는 이 일과 관련이 없습니다."

아이의 아버지가 딱 잘라 말했다.

"아드님은 현장에 있었습니다. 관련이 있습니다."

"그럼, 우리 아이가 용의자라도 된단 말입니까?"

"용의선상에 있습니다. 실례지만, 부모님 두 분 모두 기재부에 계시죠?"

"그게 이 일과 무슨 상관이죠?"

불쾌한 뉘앙스가 역력했다.

"조사도 공무입니다. 협조해주시죠."

"우리 아이가 도대체 뭘 협조해야 하는 거죠? 그 집 애가 순진한 우리 애 불러들여 술까지 먹였어요. 그것도 인사불성이 되도록요. 다른 애들에게 물어보세요. 저희는 할 말 없습니다."

"아이는 할 말이 있을지 모릅니다. 쓰러진 아이 옆에서 발견된 스노볼에 범규, 댁의 아드님 지문이 유일하게 찍혀있었습니다."

"그래서요? 지문이 나왔다고 지금 우리 아이를 범인으로 몰고 계신 겁니까?"

"그럴 리가요. 하지만 스노볼에 쓰러진 아이의 이마 자국이 있었습니다. 아드님의 지문이 찍힌 스노볼에 말입니다."

"노코멘트하겠습니다. 변호사 연락처를 남기죠."

"그전에 범규 군의 이야기를 들어야겠습니다."

"우리 아이는 곧 국제중학교에 입학합니다. 이 일이 알려지면 어떤 불이익이 있을지 모릅니다. 아이의 미래에 치명타가 될 수도 있습니다. 형사님이 책임지시겠습니까?"

"한 아이가 의식불명입니다. 댁의 아드님은 현장에 있었구요. 만일 아이가 죽는다면 살인 사건이 되는 겁니다."

전기가 나간 것처럼 갑자기 말이 끊겼다. 어둠 대신 수화기 저편으로 무거운 숨소리만 들렸다.

"지금…… 협박하시는 겁니까?"

"그렇게 들리십니까?"

"……."

"아이의 이름과 얼굴, 신변은 철저히 보호됩니다. 연락 기다리겠습니다."

말을 마치기도 전에 전화는 끊겼다. 그리고 맞받아치듯 변호사 연락처가 문자로 들어왔다.

도우미

형사는 중환자실 유리문 너머로 여자를 지켜보았다. 아이네

살림을 봐주고 있는 도우미였다. 아침에 출근해 아이의 식사와 간식거리를 챙기고 점심나절까지 빨래, 청소를 끝낸 뒤 오후에 다시 들러 아이의 저녁을 챙기는 게 도우미의 일이었다. 간혹 부부가 동시에 출장을 가게 될 때면 추가 수당을 받고 아이네서 잠을 자기도 하는데 사고가 일어난 날은 아이가 친구 집에서 잔다고 해서 오후 출근은 하지 않았다고 했다. 아이의 말은 물론 거짓이었다. 하지만 그전까지 거짓말을 한다거나 얕은꾀조차도 부린 적이 없는 아이였고 친구네 연락처도 받아뒀기에 도우미는 별다른 의심을 하지 않았다고 했다. 아이가 초등학교에 입학하던 해부터 지금까지 꼬박 6년 동안 아이를 돌봐온 도우미는 자신의 부주의함이 사고를 방조했다고 자책하고 있었다. 아이와 도우미의 사이가 오랫동안 무탈했던 점으로 미뤄봤을 때 도우미의 말은 진심에 가까웠다. 도우미가 손수건으로 눈가를 훔치며 중환자실에서 나왔다. 눈자위가 붉었다.

"자면서 뒤척임이 많은 아인데 이상할 정도로 편안해 보이네요."

"그만두신다구요. 이 일 때문인가요?"

"아, 아닙니다. 이미 정해진 일이었어요. 민호도 곧 중학생이 되고 이제 충분히 혼자 지낼 수 있다고 판단해서……."

도우미는 말끝을 흐렸다.

"민호 부모님의 판단이군요."

"그렇죠. 부모니까요."

"민호가 섭섭해하겠군요."

"그런 내색 안 하는 아이예요. 말수도 적죠. 사춘기 오면서 부쩍 심해졌어요. 안쓰러울 정도로."

"부모님은 어떤가요?"

"좋은 분들이세요…… 좋은 분들이죠. 지나치게 바쁘기는 하지만."

"민호와의 시간이 없었겠군요."

"거의 없었어요. 주중에도 늦을 때가 많았고 주말도 사정은 비슷했어요. 주말에만 민호를 돌봐줄 도우미를 따로 썼을 정도니까요. 친가나 외가 모두 외국에 있어 민호가 많이 외로워했어요."

형사는 고개를 끄덕였다.

"저에게 할 말이 있다고 하셨죠?

"그게…… 이 일과 관련이 있을지는 모르겠어요. 그래도 일단은 알고 계시는 게 민호를 이해하는 데 도움이 될 거 같아서요.

도우미는 망설이고 있었다.

"뭐든 도움이 됩니다."

"말씀드렸다시피 민호는 외로운 아이입니다. 고독하단 말이 더 어울릴 정도로요. 민호 부모님은 바쁘다 보니 자식에 대한 애정을 물질로밖에 표현 못 했어요. 보셨죠? 민호 방의 스노볼이랑 새 운동화들요. 그 개수만큼 민호는 혼자 있었던 거예요."

형사는 도우미의 얘기를 들으며 새 운동화와 먼지 앉은 스노볼을 떠올렸다. 바쁜 출장길에 매번 다른 선물을 사는 일에 피곤을 느낀 아이의 부모가 선택한 스노볼과 새 운동화. 선물 상자를 열 때마다 나오는 비슷비슷한 운동화와 스노볼 앞에서 아이가 느꼈을 공허함.

"아, 그렇다고 민호 부모님이 나쁘다는 말은 결코 아닙니다. 다시 말씀드리지만 좋은 분들입니다."

"다만 좋은 부모였는지에 대해서는 생각할 여지가 있단 말씀이군요."

"민호는 자기감정을 표현하는 데 굉장히 서툴러요. 그래서 그런지는 몰라도…… 가끔 스스로를 괴롭힌달까요."

"자학 말인가요?"

"……비슷해요."

"어떻게 말인가요?"

"펜으로 손등을 찌른다거나 자로 허벅지를 때리는, 뭐 그 비슷한……."

"직접 보셨나요?"

"멍은 1~2년 전부터 봐왔지만 심각하게 여기진 않았어요. 사내애들이야 늘 상처나 멍을 달고 사니까요. 그런데 최근에 자꾸 손목에 밴드를 붙이고 있더라구요. 물어보니 긁혔대요. 그러려니 했죠. 일주일쯤 지나 쓰레기통을 비우러 노크 없이 들어갔는데 손목에 휴지를 대고 있었어요."

형사는 병실의 아이를 떠올렸다. 아이의 손목엔 살구색 밴드가 붙어있었다.

"휴지에는 피가 흥건하구요."

도우미가 말을 멈추고 숨을 내쉬었다.

"깜짝 놀라서 어떻게 된 거냐고 물었더니 미술용 연필을 깎다 베였다는 거예요. 그런데 책상엔 커터 칼밖에 없었어요. 연필을 깎다 손목을 다치는 것도 이상하구요."

형사는 담당 의사의 귀띔을 떠올렸다. 아이 손목의 밴드를 제거하다가 절상의 흔적을 여러 개 발견했는데 아무래도 고의성이 의심된다는 거였다.

'불안과 극도의 스트레스를 벗어나려는 일종의 자학 행위데요. 대표적인 게 리스트 컷Wrist cut, 손목을 긋는 거죠. 아이러니하게도 죽음을 목적으로 하지는 않습니다. 오히려 피를 봄으로써 살아있음을 확인하죠. 하지만 자칫 잘못하면 자살에 이를 수 있기 때문에 굉장히 위험합니다.'

리스트 컷 증후군의 경우 타인의 관심과 이해를 바라는 마음이 기저에 깔려있는 경우가 많다고 의사는 덧붙였다.

“어떻게 하셨나요?”

“뭔가 이상하다 싶었지만 다그치면 안 될 것 같아서 더는 묻지 않았어요.”

“민호 부모님도 알고 계신가요?”

“아뇨. 출장에서 돌아오시면 말하려던 참이었어요. 바로 말했어야 했는데.”

“혹시, 이번 일을 민호가 벌였다고 생각하십니까?”

도우미는 잠시 머뭇거렸다. 하지만 이내 고개를 가로저었다.

“만일 그렇다 해도…… 절대로 민호의 잘못은 아닙니다. 아닐 거예요.”

형사는 유리문 너머 곤히 잠든 아이를 바라보았다. 누가 와서 깨워주기를 기다리며 부러 자는 척하는 걸지도 모른단 생각이 언뜻 들었다.

동우

아이의 부모는 문밖까지 따라 나와 머리를 조아렸다. 쉰도 안 되었을 아이 아빠의 정수리는 이미 흰머리로 덮여있었다. 내내 말이 없던 아이의 엄마는 형사의 손목을 부여잡고는 울먹거렸다. 골목을 돌아 나오는데 다시 재봉틀 소리가 들렸다. 아이의 부모는 가내수공업으로 모자를 만들고 있었다. 하청이었고 재단된 조각들을 재봉틀로 이어 붙여 완제품으로 만드는 일이었다. 색색별의 모자가 반지하의 방 한쪽에 버겁게 쌓여있었다. 형사는 소매 끝에 붙은 실밥을 떼어내며 아이가 다니는 학원으로 향했다. 빈곤한 살림에 영특한 자식마저 힘에 부칠 부모의 노곤함에 형사는 마음 한편이 착잡했다.

형사는 맥도널드 2층 창가에 앉아 길 건너 건물을 바라보았다. 수업을 마친 아이들이 쏟아져 나오고 있었다. 아이들이 다니는 학원은 건물의 3층부터 6층까지로 인근 학원가에선 가장 규모가 컸다. 각 학교의 우등생들이 몰리며 입소문을 타고 학원생이 부쩍 늘고 있었는데 우등생 중 한 명이 동우였다.

"거기 민호 자린데."

돌아보자 키가 껑충한 아이가 서 있었다. 큰 키에 구부정한 어깨가 다소 어벙해 보였지만 형사를 바라보는 눈빛만은 날카로웠다.

"동우니?"

"필립 말로를 상상했는데…… 미스 마플이네요."

아이는 한 자리 건너 의자에 털썩 앉았다.

"가운데는 범규, 끝에는 건희가 앉았어요."

"그렇구나."

"애들 만나보셨어요?"

"범규는 아직. 건희 이야긴 들었다."

"뭐래요?"

"그전에 네 이야기부터 좀 들어 보고 싶은데."

"Who done it? Why done it? 아, 형사들은 오로지 Who, 누가 했는가에만 관심 있죠."

"추리소설을 좋아하는구나."

아이는 어깨를 가볍게 들었다 내려놓았다.

"민호 부모님은 왔어요?"

"아니, 아직."

"아직이요? 헐……."

"무슨 문제라도 있니?"

"우린 단지, 민호가 눈을 떴을 때 부디 엄마 아빠가 제일 먼저 보이기를 바랄 뿐이죠."

아이는 '우리'라고 했다. 몽당연필로 한 글자 한 글자 눌러쓰듯 '우리'라는 말에는 힘이 실려있었다. 연대 의식을 넘어선 응집이 느껴졌다.

"너희 넷은 원래 친한 사이도 아니었어. 한집에 모여 밤새 어울릴 만큼. 맞니?"

"건희가 말 안 해요?"

질문과 대답이 맴을 돌았다.

"그날 밤, 넌 유일하게 부모님께 전화를 했더구나."

"집에 전화하지 말자고 약속한 적은 없으니까요."

"다른 약속은 했었니?"

매장 내 음악에 발 박자를 맞추던 아이의 발이 멈췄다. 형사는 아이의 표정을 살폈다.

"노래가 끝나서요."

아이가 어깨를 으쓱해 보였다. 새 노래가 흘렀다. 형사는 말을 이었다.

"민호 옆에 떨어져 있던 스노볼에는 범규의 지문만 있는데. 그 점에 대해서는 어떻게 생각하니?"

아이가 손가락으로 탁자 위에 천천히 원을 그렸다. 그리고 말했다.

"범규가 유력한 용의자겠군요."

"정말 그렇게 생각하니?"

"그렇잖아요. 하지만 증거는 조작도 오염도 가능해요. 저와 건희의 지문은 지우고 범규의 지문을 묻히는 것쯤은 뭐……."

"너는 민호를 발견한 최초의 목격자다. 최초의 목격자는 종종 가장 유력한 용의자이기도 하지."

"아는데요. 만일 그렇다 해도 전 아직 만 12세예요."

"무슨 뜻이지?"

"범죄소년*이 아니라는 거죠."

형사는 아이의 눈을 응시했다.

"처벌받지 않는다고 해서 죄가 사라지는 건 아니다."

"배고파요. 뭐 좀 먹으면 안 돼요?"

아이가 말을 돌렸다.

"그러자꾸나. 들을 이야기도 남았으니."

형사는 주머니에서 만 원짜리 한 장을 꺼내 내밀었다. 아이가 머뭇거렸다.

"괜찮다. 받으렴. 나는 커피."

"빅맥 어때요?"

"먹어본 적이 없어."

"일드 보세요?"

"일드?"

"일본 드라마요. 형사물이 있는데요. 주인공 여형사는 사건 현장에 도착하면 항상 사체 자리에 누워요. 그리고 사건을 읽기

---

*범죄소년: 만 14세 이상 19세 미만의 소년으로서 형벌 법령에 저촉되는 행위를 한 자를 말하며 형사책임을 진다.

시작하죠."

사건이 있던 날, 아이 넷은 바로 이 자리에서 빅맥을 먹었다.

"그건 현장 훼손이다. 더군다나 미스 마플은 안락의자에 앉아서 사건을 해결하잖니."

"혼자 먹기 싫어서 그래요."

"……알았다. 나도 빅맥."

아이의 한쪽 입꼬리가 올라갔다. 반대쪽 입꼬리가 상대적으로 축 처져 보여 언뜻 비웃음 같기도 했다. 아이가 구부정한 어깨를 펴며 자리에서 일어나 계단 쪽으로 겅중겅중 걸음을 옮겼다. 아이의 큰 키와 가는 팔다리가 마치 웃자란 나무 같았다. 해가 잘 들지 않는 울창한 숲에서 조금이라도 빛을 많이 받기 위해 위로만 자라는 나무의 뿌리는 튼튼하지 못하다. 성장의 조급함이 아이의 키만 훌쩍 키우고 있었다.

"신 형사님, 지금 병원으로 오실 수 있으세요?"

전화를 받으며 형사는 습관적으로 손목시계를 보았다. 오후 4시가 지나 있었다. 형사는 아이의 아빠에게 전화를 걸었다. 전화는 끊겨있었다. 다시 형사는 아이의 엄마에게 전화를 걸었다. 마찬가지로 연결이 되지 않았다. 물론 형사는 이해했다. 아이의 부모가 허투루 시간을 보내고 있는 게 아니라는 걸 형사도 잘 알고 있었다. 하지만 조금씩 화가 나기 시작했다. 형사는 휴대폰을 주머니에 쑤셔 넣고는 급히 주차장 쪽으로 걷기 시작했다. 걸음이 조금씩 빨라졌다.

아이의 눈꺼풀 아래에서 동공이 좌우로 움직였다. 흘겨보듯 한참을 눈꼬리에 힘을 주고 있기도 했다. 손끝을 까딱이다가 주먹을 꽉 쥐고는 이내 펴버리며 다시 꼼짝도 하지 않았다. 아이가 첫 반응을 보인 지 한 시간이 지나있었다. 간호사가 수시로 아이의 상황을 체크했다. 아이가 다시 움직였다. 깊은 들숨과 함께 아이의 얼굴에 붉은 기가 도는가 싶더니 긴 날숨이 끝나가던 순간에 맞춰 아이는 진즉 깨어있던 사람처럼 천천히 눈을 떴다. 허공을 향해 몇 번을 끔벅거리던 아이의 눈에 힘이 실리며 서서히 초점이 맞춰졌다. 두리번거리던 아이의 시선이 한곳에 멈추는가 싶더니 이내 아이의 눈이 젖어 들기 시작했다. 꾹 다문 입술 아래로 억지로 누르고 있던 울음이 터지며 동시에 아이의 눈에서는 눈물이 흘렀다. 감사합니다. 감사합니다. 아이의 엄마가 아이의 손을 잡고는 그 위로 얼굴을 포갰다. 아이의 아빠는 고개를 돌리며 헛기침으로 감정을 삭인 뒤 곁으로 다가와 아이의 이마 위로 손을 올렸다. 그리고 조용히 고맙다, 라고 말했다. 아이의 울음은 쉬이 그치지 않았고 아이의 부모는 아무 말 없이 아이의 손, 아이의 볼, 아이의 이마를 어루만졌다.

형사는 조용히 중환자실을 빠져나왔다. 다행히 아이의 부모는 제때 도착했고 아이가 눈을 떴을 때 가장 먼저 눈을 맞출 수 있었다. 형사는 복도 끝 소파에 몸을 깊숙이 묻고는 그제야 긴 숨을 후우 몰아 쉬었다. 한 시간 전에 이 자리에서 형사는 아이의 부모에게 사건의 대략적인 경위와 아이들과의 면담 내용 그리고 도우미에게 들은 이야기를 그대로 전했다. 아이의 엄마는 왈칵 눈물부터 쏟았으며 아이의 아빠는 입을 굳게 다문 채 가끔 무거운 숨을 흘리며 형사의 말에 귀를 기울였다. 도우미의 이야기에 이르자 아이의 엄마는 두 손으로 입을 막은 채 믿을 수 없다는 눈으로 형사를 잠시 바라보더니 이내 말아쥔 손을 가슴에 갖다 대며 고개를 떨궜다. 잠시 기다린 뒤 형사는 마지막으로 몇 마디를 더 건넸다. 어디까지나 개인적인 의견이라고 덧붙이면서.

중환자실 앞에서 아이의 아빠가 좌우를 살피고 있었다. 자리에서 일어나는 형사를 발견하고는 곧장 걸어왔다. 갑자기 긴장이 풀린 탓인지 어깨가 코트에 함몰된 듯 축 처져있었다. 눈자위가 붉었다. 아이의 아빠는 마른손을 거칠게 비비더니 턱선을 넓게 쓸어내렸다.

"햄버거가 먹고 싶다길래 사러 나가는 길입니다. 같이 드시겠습니까?"

형사는 고개를 가로저었다. 아이의 아빠는 가볍게 묵례를 하고는 때마침 올라온 엘리베이터를 타고 내려갔다. 형사는 늦기 전에 서로 돌아가 보고서를 마무리해야겠다고 생각했다. 어둑해진 창밖을 내다보는데 눈앞에 실밥 같은 이물이 나타났다. 의식하면 더 불편해지는 게 비문증이라고 의사는 말했다. 형사는 눈을 여러 번 크게 깜박였다. 마지막으로 힘주어 눈을 감았다 떴을 때 형사는 그제야 이물이라고 여겼던 게 무엇인지를 알아보았다. 그것은 진짜 눈이었다. 듬성하게 떨어지는 가루눈이었지만 제법 날리고 있었다. 올겨울의 마지막 눈일지도 몰랐다. 형사는 아이 방에서 보았던 많은 스노볼을 떠올렸다. 작은 구 안에서도 지금처럼 눈가루가 분분했다.

민호

아이들이 빠져나간 체육관은 금세 조용해졌다. 빈 철제 의자 백여 개가 흩어져있었다. 형사는 탁자 위의 생수를 들어 천천히 마셨다. 기분 좋은 피로가 느껴졌다. 형사는 목을 가볍게 돌리고 나서 가벼운 한숨을 내쉬었다. 여성청소년계에서 근무한 경력 때문인지 퇴직 후에도 학교나 관청에서 강연 요청이 심심찮게 들어왔다. 강연은 학교 폭력의 근절과 예방에 대한 내용이

주를 이루었다. 재능 기부의 의미로 가까운 곳의 강연은 흔쾌히 받아들였다.

서류 가방에 자료들을 챙겨 넣는데 저만치 아이 하나가 서 있었다. 아이는 혼자였다. 새것에 가까운 교복과 앳된 얼굴로 보아 1학년 학생이었다. 학생은 쭈뼛거리며 다가오더니 서너 걸음 앞에서 멈춰 섰다. 얼굴에 살이 좀 올랐고 이마와 턱 주변으로 여드름 몇 개가 난 거 빼고는 그때 그대로였다. 벌써 10개월의 시간이 지나 있었다.

"민호구나."

아이의 눈에 안도감이 스쳤다.

"넌 나를 모를 텐데."

"명함을 갖고 있어요."

"그랬구나……. 그래, 몸은 괜찮니?"

"두통이 가끔 있지만 괜찮아요."

"다행이구나."

아이가 재빠르게 탁자 위의 서류 가방을 들었다.

"교문까지 들어드려도 될까요?"

형사는 아이의 눈을 가만히 들여다보았다. 아이의 눈은 늘 감겨있었기에 이렇게 마주하는 건 처음이었다.

"신사의 에스코트라…… 좋아."

아이가 앞장서 운동장 쪽 출입문을 열었다. 동작은 날랬지만 가볍거나 경망스럽지는 않았다. 운동장을 가로질러 교문에 다다르는 동안에 형사는 아이에게 학교생활에 관한 뻔하고 흔한 질문들을 서너 개 던졌고 아이는 그 또래답게 단답형으로 대답하며 반걸음 뒤에서 쫓아왔다. 반쯤 열린 교문 앞에서 두 손을 마주 잡으며 형사는 모로 돌아섰다.

"애들은 잘 지내니?"

"건희와 동우는 가끔 만나는데 범규는…… 범규 부모님이 싫어하세요."

형사는 아이를 향해 손을 내밀었다. 아이는 가방을 건네는 대신 고개를 들어 형사를 바라보았다. 형사는 손을 거둬 코트 주머니 속으로 깊숙이 찔러 넣었다. 그리고 아이의 말을 기다렸다.

"한 달에 한 번씩 심리치료를 받고 있어요."

아이는 엄지로 자신의 손목을 가볍게 문질렀다.

"아침 식사와 일요일 오후는 가족이 함께하기로 했고 모두 노력 중이에요."

형사는 고개를 끄덕였다.

"형사님은 다 아신 거죠?"

형사는 아이의 얼굴을 말끄러미 쳐다보았다.

"이를테면 그런 거요…… 누가, 왜, 어떻게……."

"글쎄, 네가 말해줄 수 있겠니?"

아이는 말이 없었다.

"네가 깨어나지 않았거나 혹 죽었다면 정말 궁금했을 거다. 중요한 문제니까. 스노볼에 남은 지문으로는 범규가 가장 유력하지. 하지만 오른쪽 이마를 맞은 점으로 미루어 봐서는 왼손잡이인 건희에 대한 의심 또한 지울 순 없어. 스노볼의 지문은 조작이 가능하다고 본다면 머리가 좋은 동우의 소행으로도 끼워 맞출 수도 있고. 마지막으로, 너의 자작극일 수도 있지. 그것도 아니면…… 그 모두이거나."

가방을 쥔 아이의 손에 힘이 들어갔다. 입을 꾹 다문 채 발치를 내려다보고 있었다.

"내가 한 말 중에 수정할 부분이 있니?"

"그렇게 일이 커질 거라고는 생각 못 했어요."

"매우 무모하고 위험한 행동이었어. 행동에는 책임이 따른다는 걸 절대로 잊지 마라."

"……스노볼은 모두 정리했어요."

"잘했구나."

수업을 알리는 벨 소리가 울리자 운동장에서 공을 차던 한 무리의 아이들이 교실 쪽으로 우르르 몰려갔다. 형사가 손을 내밀자 아이는 두 손으로 공손히 가방을 건넸다.

"너도 뛰렴."

아이는 뒷걸음으로 서너 발짝 옮기더니 고개를 꾸벅 숙이고는 돌아서서 달리기 시작했다. 단 몇 걸음에 무리 속으로 섞여 들 만큼 아이의 보폭은 컸고 가벼웠다. 또래보다 한 뼘이나 작은 키였지만 금세 클 터였다. 아이가 잠시 입구에 서서 교문 쪽을 돌아보는가 싶더니 이내 사라졌다. 작고 가벼운 세계. 아이를 둘러싼 지금의 세계는 소리 없이 서서히 팽창하며 한없이 커져서 언젠가 그것마저 막막하고 두려운 날이 올 것이다. 형사는 가방을 고쳐 들고는 천천히 걸었다. 등 뒤로 작은 세계가 소리 없이 닫히고 있었다.

물고기 그라피티

붉은 하이힐 한 짝과 그 주위를 느리게 유영하는 형광빛 파랑 테트라. 하나의 오브제다. 기웃거리던 물고기가 나선을 그리며 힐을 타고 오른다. 해나는 유리 가까이 다가간다. 나머지 한 짝은 해나의 손에 들려있다. 힐의 앞코를 움켜쥔 손에 힘이 들어간다. 빈손으로 모서리를 잡는다. 딱. 물고기가 줄행랑을 놓는다. 해나의 한쪽 입꼬리가 올라간다. 이렇게 뾰족한 힐을 왜 스틸레토힐이라고 부르는지 너, 아니? 전신 거울에 몸을 비추며 엄마—지금은 아니다—가 물었다. 풍성하게 퍼지는 스커트 자락 아래로 스틸레토힐이 빛났다. 해나는 고개를 저었다. 원래 스틸레토는 무기야. 끝이 가늘고 예리한 단검을 스틸레토라고 부르지. 이 아찔한 힐을 보렴. 비슷하지 않니. 나는 다시 멋진 힐을 만들 거야. 착한 애가 될게요. 해나가 맹세하듯 말했다. 말은 우물거림에 가까웠다. 거울 속의 엄마가 해나를 빤히 쳐다보았다. 메마른 시선이었다. 스커트 자락을 가볍게 쳐내고 엄마는 해나의 양어깨를 지그시 눌러 잡았다. 김해나. 잘 들어. 내 생각은 그래. 엄마는 언제나 해나를 김해나라 불렀다. 그리고 늘 해나 앞에서 자신을 나라고 지칭했다. 그럴 때마다 해나는 엄마가 원심력에 의해 멀어지는 별처럼 느껴졌다. 희생과 모성은 강요하는 게 아니야. 저절로 우러나야 하는 거야. 이해되니? 근데 난 그게 잘 안돼. 엄마는 그 말을 끝으로 언제 온단 말도 없이 작은 보스턴백 하나만 챙겨 들고는 집을 나갔다. 멀어지는 발소리는 조금의 주저도 없이 리드미컬했다. 딱. 다시 해나는 유리를 향해 힐을 내리쳤다. 물고기들이 무리 지어 수초 뒤로 숨었다. 수초 이파리가 맥없이 흔들렸다. 해나는 허리를 펴며 물러섰다. 커다란 프레임이 한눈에 들어왔다. 수족관을 설치하던 날 아빠—지금은 아니다—는 가정에 설치할 수 있는 가장 큰 사이즈가 될 거라고 자랑스럽게 말했다. 그리고 온갖 종류의 테트라로 수족관을 채웠다. 배와 등줄기에 형광빛 줄무늬가 있는 테트라 어종은 작고 겁이 많아 무리 지어 다니는 습성을 지녔다. 아빠는 그런 테트라들의 일사불란하고 화려한 군영을 매우 좋아했다. 실금이 오른쪽 위 귀퉁이까지 뻗어나갔다. 해나는 손끝으로 실금을 더듬었다. 남은 힐마저도 물속으로 던져버리자 붉은 힐이 좌우로 흔들리며 바닥으로 가라앉았다.

안녕, 해나.

뱅크시가 손을 들어 보였다. 뱅크시는 낡은 사다리의 꼭대기에 올라앉아 한쪽 다리를 앞뒤로 흔들어대고 있었다. 짧은 앞머리에 묻은 흰 페인트가 새똥처럼 보였다.

어디서 난 거야?

해나는 사다리를 잡아 흔들었다. 뱅크시는 두 팔과 두 발을 과장되게 허우적거리다 바닥으로 훌쩍 뛰어내렸다. 후드티의 모자가 뱅크시의 머리 위로 떨어졌다. 좋은 냄새가 났다. 뱅크시는 주머니 깊숙이 손을 찔러 넣고 제자리뛰기를 했다.

춥다.

웬 사다리냐니까.

빌렸어.

주머니에서 스프레이를 꺼낸 뱅크시가 벽을 향해 뿌리는 시늉을 했다. 해나는 혀를 차며 가방 주머니에서 검은 봉지를 꺼냈다. 비린내가 훅 끼쳤다. 봉지에서 나온 것은 죽은 물고기였다. 해나는 손바닥의 물고기를 가만히 들여다보았다. 입을 뻐끔거리는 것만 같았다. 코를 움켜쥔 뱅크시가 옆에서 들여다보았다.

또 테트라네. 왜 자꾸 죽는 거지?

목말라서.

물고기가? 말도 안 돼.

뱅크시가 고개를 절레절레 흔들었다. 해나는 가방과 패딩을 벗어 구석으로 치웠다. 그늘이라 좀 추웠다. 해나는 긴 머리를 대충 하나로 잡아 묶고 후드티의 모자를 당겨 썼다. 머리카락에 묻은 페인트는 쉽게 지워지지 않았다. 뱅크시는 이미 사다리에 올라 흰색 스프레이를 뿌리고 있었다. 해나는 터널의 끝으로 걸어갔다. 터널 밖은 낮은 야산이었다. 해나는 물고기를 야산 쪽으로 힘껏 던졌다. 잘 가라. 비린내 배인 손을 벽에 갖다 댔다. 벽과 벽이 만나는 모서리였다. 해나는 쪼그려 앉았다. 작은 물고기 한 마리가 들어갈 자리가 비어있었다. 스프레이를 힘 있게 흔들자 삭삭 얼음 갈리는 소리가 났다. 기분이 서서히 나아졌다. 해나는 노즐을 열고 파랑 스프레이를 뿌렸다.

해나와 뱅크시는 열다섯, 동갑이었다. 그렇지만 1년 휴학을 한 뱅크시는 올해 중학교에 들어가기 때문에 해나보다는 한 학년 아래였다. 교통사고로 머리가 많이 아팠다고 말했지만 해나가 보기에 지금의 뱅크시는 너무 멀쩡해 보였다. 그렇다고 해나는 꼬치꼬치 캐묻지 않았다. 뱅크시도 해나에게 이것저것 묻지 않았다. 해나가 터널에서 만난 사람은 뱅크시가 처음이었다. 동네 끝의 버려진 터널이었다. 선로와 기차역이 옮겨가며 전원주택지로 개발이 시작된 곳이어서 터널의 바깥쪽 선로는 끊겨있었다. 지나는 사람이 전혀 없는 외진 곳이었다. 선로 사이로 올라온 잡풀이 무성했다. 자전거 전용 터널로 바뀔 것이라는 소문이 있었지만 아직은 아니었다. 그라피티를 하는 해나를 몇 날 며칠 흥미롭게 지켜만 보던 뱅크시가 말을 붙였다. 나도 해보고 싶어. 스프레이 하나를 빌린 뱅크시는 맞은편 벽에 작은 스마일을 그렸다. 회색 콘크리트 벽이었다. 그 뒤로 한동안 안 보이던 뱅크시가 스프레이로 채운 가방을 메고 다시 나타났다. 좀 아팠어. 그리고 뱅크시는 맞은편 벽에 뭔가를 그리기 시작했다. 그림 실력은 형편없어서 정말 낙서에 가까웠다. 우리 닉네임을 정하자. 뱅크시가 말했다. 난 뱅크시로 할래. 그라피티에 대해서 검색해봤는데 뱅크시, 이 사람이 요즘 그쪽에선 젤 유명해. 해나는 비웃었다. 그럼 난 바스키아게? 장미셸 바스키아? 뱅크시가 되묻고는 미간을 찌푸렸다. 그 사람 너무 일찍 죽었던데. 해나가 대답했다. 그러니 더 멋진 거지.

죽은 물고기들은 물 위에 뜨거나 바닥에 가라앉았다. 살아남은 물고기들은 연신 입을 뻐끔거리며 물 위와 아래를 오갔다.

비뚜름한 붉은 힐 뒤로 물고기 몇 마리가 숨어있었다. 움직임은 둔했고 숨은 가빴다.

5년을 연애하고 14년을 함께 살았던 엄마와 아빠가 더 이상은 같이 살 수 없다고 했다. 능력 있는 아빠와 돈 많은 엄마는 해나의 양육을 서로 미뤘다. 아빠에게는 새로운 여자가 생겼고 엄마에게는 접었던 일이 있었다. 양육비를 감당하는 대신 양육권은 포기하겠다는 엄마와 아빠 때문에 난감해진 건 해나보다도 판사였다. 재혼이 급했던 아빠와 이탈리아 유학을 앞둔 엄마는 신속한 이혼을 위해 종업식 날 학교 대신 법원으로 해나를 데려갔다. 판사가 해나에게 물었다. 해나 양은 누구와 살고 싶어요? 판사는 유치한 질문을 던지고는 벽시계를 쳐다보았다. 12시 5분 전이었다. 해나는 정확히 12시 정각에 복도로 나왔다. 잠시 뒤 판사를 만나고 나온 엄마와 아빠는 해나를 대견한 눈빛으로 바라보았다. 셋은 근처의 유명한 중식당으로 갔다. 그리고 이혼 기념인지 종업 기념인지 모를 풀코스 정찬을 시켰다.

수족관을 설치하는 대로 테트라부터 옮길 거야. 아빠가 말했다. 내 힐엔 손도 대지 마요. 집 구하는 대로 가져갈 거니까. 한 켤레라도 그년한테 주기만 해봐. 엄마가 말했다. 아빠와 엄마는 남자의 바람과 여자의 가출 중 이혼에 있어 무엇이 더 큰 귀책 사유인지에 대해 논쟁했지만 말투는 비교적 온건했고 표정은 부드러웠다. 해나는 짜장면 속의 완두콩을 하나씩 집어 입으로 가져갔다. 정확히 열한 개의 완두콩을 집어 먹을 동안 엄마와 아빠는 전혀 눈치채지 못했다.

해나는 진심이 상대에게 얼마만큼 상처를 입힐 수 있는지에 대해 생각했다. 아빠와 엄마는 해나를 늘 진심으로 대했다. 임신인 줄도 몰랐어. 구두 디자이너로 나름 잘나가고 있을 때였거든. 너무 늦게 알았던 거야. 너 때문에, 우리의 5년 연애가 끝나고 말았어. 결혼이란 서스펜스로. 오랜 연애에 지쳐 헤어지기 직전이었는데 말이야. 진실과 진심은 크게 다르지 않았다. 부모는 늘 진실했고 그것은 곧 그들의 진심이었다. 해나는 자신의 진심 또한 누구에게 상처가 될지도 모른다고 여겼다. 해나는 말을 아꼈고 그래서 말이 짧아졌고 결국엔 누구에게도 다정한 말 한마디를 할 수 없었다.

개학을 며칠 앞둔 날이었다. 해나는 오랜만에 터널에 갔다. 덧칠을 끝내고 양지에 앉아 캐러멜 하나를 까먹는데 뱅크시가 나타났다.

안 보여서 궁금했어.

뱅크시가 입구에 서서 말했다. 터널 안으로 소리가 울렸다.

비켜. 햇빛 가리잖아.

뱅크시가 한 걸음 옆으로 비켜섰다. 해나가 햇빛에 눈을 찡그렸다.

그라피티는 자유야. 불규칙은 그라피티의 조건. 기다리지 마. 그런 거 싫어.

쪼그려 앉은 뱅크시가 해나의 얼굴을 가만히 들여다보았다.

얼굴이 창백해. 뱅크시가 말했다.

좀 아팠어. 시선을 피하며 해나가 말했다.

어디가?

알레르기.

알레르기?

완두콩.

모르고 먹은 거야?

알고 먹었어. 열한 개까지는 괜찮더라.

해나가 후드티의 모자를 벗자 머리카락에 정전기가 일었다. 주머니에 양손을 찔러 넣고 두 다리를 쭉 뻗었다. 발목의 맨살이 드러나 서늘했다. 뱅크시가 바짓단을 당겨 맨살을 덮어주었다. 해나는 고개를 들었다. 역광 속의 뱅크시가 보였다. 그 너머로 눈에 익은 펭귄 한 마리가 보였다. 유명한 애니메이션 캐릭터였지만 너무 못생겨서 긴가민가 싶을 정도였다.

뱅크시는 얼마 전부터는 스텐실 기법을 사용했다. 진짜 뱅크시가 즐겨 쓰는 방식이었다. 도안에 맞게 오려둔 종이를 벽에 고정시키고 그 위로 스프레이를 뿌리기만 하면 되기 때문에 직접 그리는 것보다는 비교적 쉬웠다. 거기다 타인의 시선을 피해 빨리 작업을 마칠 수 있다는 장점까지 있다.

유치하게 뽀로로냐?

해나가 핀잔을 주었다.

뽀로로가 어때서? 멋진 친구들이 있잖아. 크롱, 루피, 포비, 에디, 해리…….

쓸데없이 명랑하잖아. 그리고 사막여우랑 남극 펭귄이 함께 산다는 게 말이 돼? 거기다 북극곰까지.

그래서 너도 좋아했잖아. 그러니까 좋은 거고.

뱅크시가 무릎을 접어 안으며 손깍지를 꼈다.

나는 자라는 게 너무 두려워. 잘못 자랄 것만 같아서. 우리도 언젠가 꽃도 피우고 열매도 맺을 수 있을까.

해나는 대꾸하지 않았다. 오므린 입술을 비죽 내민 뱅크시가 무릎 위로 턱을 올렸다. 둘 사이로 침묵이 흘렀다.

……천사 지나간다.

뱅크시가 턱을 괸 채 중얼거렸다.

뭐라고?

해나가 묻자 뱅크시가 쉿, 소리를 냈다. 그러고는 낮게 속삭였다.

이야기를 하다가 갑자기 조용해지면 그 순간 천사가 지나가고 있는 거래. 기다리자.

뱅크시의 얼굴이 몹시 진지했기에 해나는 입을 다물었다. 둘은 침묵했다. 고요와 평화 속에 무언가 지나가고 있는 것 같기도 했다. 이럴 때는 뱅크시가 꼭 철학자 같아서 생각이 많은 건 비슷하지만, 이라고 해나는 생각했다.

해나. 초코파이, 먹을래?

뱅크시가 먼저 입을 열었다. 상대의 반응을 살피듯 말을 살짝 끊었다 이어 붙이는 말투였다.

지나간 거야?

뱅크시가 고개를 끄덕였다. 정말 그렇다는 듯이.

난 오리온 거만 먹어.

딱히 그렇지도 않으면서 해나는 퇴짜 놓듯 대꾸했다. 뱅크시가 가방에서 초코파이 하나를 꺼냈다.

오리온이야.

초코파이의 상표를 자랑스럽게 내보이는 뱅크시의 얼굴이 밝았다.

겨우 하나? 너나 다 먹어.

아냐. 나눠 먹을 수 있어.

뱅크시는 뜯지 않은 초코파이를 바닥에 내려놓더니 필통에서 자를 꺼냈다. 그러고는 모로 세운 자의 양 끝을 잡고는 초코파이 가운데를 꾹 눌렀다. 봉지 안에서 초코파이가 깔끔하게 두 쪽으로 나뉘었다. 뱅크시가 초코파이 반쪽을 꺼내 해나에게 내밀었다. 이제 와 안 먹는다고 하기도 뭐해서 해나는 초코파이를 받아 들었다. 살짝 녹은 초콜릿이 손끝에 묻어났다. 해나는 손에 묻은 초콜릿을 할짝거렸다.

나 말야…… 학교 잘 다닐 수 있을까? 1년이나 쉬었는데.

뱅크시가 중얼거렸다.

친구는 생길까. 아이들이 날 좋아해 줄까.

잘 다니기까지 해야 해? 그냥 다니는 거지.

해나는 자리에서 일어났다. 허리쯤에서 빛이 끊겼다.

그거 알아? 내가 수족관 근처만 가도 물고기들이 놀라서 도망친다. 내가 무서운 거지. 물고기 머리 나쁘다는 것도 다 거짓말이야.

해나는 뱅크시를 내려다보았다. 커트 머리 아래 하얗고 긴 목이 보였다.

뱅크시.

뱅크시가 몸을 일으켜 해나와 마주 보았다. 벽에 그려진 테트라들이 보였다. 눈도 아가미도 지느러미도 없었다. 모두 죽어

있었다.

난 네 친구가 될 수 없어. 너에 대해 많은 걸 알고 싶지도 않고.

뚝뚝한 표정의 뱅크시가 해나를 바라보았다. 무슨 생각을 하는지는 알 수 없었다.

입학식과 함께 새 학년이 시작되었다. 1학년은 모두 일곱 반이었고 남녀 분반이었다. 미술실과 도서실이 있는 4층의 교실들은 1학년 남학생반으로 3층은 여학생반으로 정해졌다. 2학년인 해나의 교실도 3층에 있었다. 미술 전공인 해나는 미술반 소속이었다. 점심시간마다 해나는 미술실로 올라가 혼자 시간을 보냈다. 딱히 친한 친구도 없었고 반 애들이 주고받는 연예인이나 화장품 이야기에는 관심이 없었다. 하루하루를 버티는 중이었기 때문에 간절한 것도 없었다. 점심을 대충 먹고 해나는 4층으로 올라갔다. 마침 미술이 5교시였다. 미술실로 가기 위해선 1학년 남학생반을 지나가야 했는데 곧 수업 시작이라 대부분의 남학생들은 교실로 돌아와 있었다. 해나는 재킷 깊숙이 손을 찔러 넣고 복도를 따라 걸으며 창 너머 교실을 슬쩍 들여다보았다. 엎드려 자는 몇몇을 제외한 나머지는 앞뒤로 모여앉아 떠들고 있었다. 두 번째 교실을 지날 때쯤 해나는 자신이 교실 속의 누군가를 찾고 있다는 걸 깨달았다. 무의식에 가까운 행동이었다. 고개를 털고 빠른 걸음으로 마지막 교실을 지나치면서도 해나는 흘낏 교실 안을 다시 살폈다. 뱅크시는 보이지 않았다.

구두 두 켤레가 보였다. 두 켤레 모두 현관문 쪽을 향해 놓여 있었다. 언제든 바로 신고 나갈 수 있도록. 열린 신발장 안은 텅 비어있었고 엄마의 힐들은 한 켤레도 남아있지 않았다. 해나는 안쪽을 향하게 운동화를 벗어두고 복도를 지나 거실로 갔다. 팔짱을 단단히 낀 엄마가 허리를 곧추세우고 소파 가장자리에 걸터앉아 있었다. 아빠는 바지 주머니에 두 손을 깊게 찔러 넣고 거실 창 앞에 서 있었다. 둘의 시선이 동시에 해나에게로 쏠렸다. 간신히 화를 참고 있는 얼굴들이었다.

이렇게까지 해야 했니?

아빠가 말했다. 해나는 대답하지 않았다. 적당한 무시와 무응답도 대화의 스킬 중 하나라고 가르친 사람은 아빠였다.

김해나. 좀 심한 거 아니니?

두 손으로 소파의 가죽을 움켜쥐며 엄마가 물었다. 가죽에 손톱이 박혔다. 한때는 엄마가 애지중지하던 천연 소가죽 소파였다.

같은 여자로서 날 이해하기가 그렇게 어렵니?

꽤 영리한 아이라 생각했어. 우리는 너를.

아빠가 해나의 어깨 위로 손을 올렸다. 움켜쥔 손에 지그시 힘이 실렸다.

미국 유학은 네 선택이었어. 우리는 너의 현명한 선택에 감사하며 널 위해 모든 지원을 아끼지 않기로 약속을 했다.

남남이 된 아빠와 엄마가 이 순간만큼은 우리로 연대했다. 자식을 키울 때는 볼 수 없던 모습이었다. 부모 노릇보다 보호자 노릇이 쉬운 사람들.

그리고 모든 게 순탄했잖니?

해나는 몸을 비틀어 아빠의 손에서 빠져나왔다. 아빠가 빈손을 들어 보이며 엄마를 돌아보았다.

일주일 안에 집을 비워야 해. 나는 내일 떠나고 네 아빠는, 새 아내가 생기잖니. 미국 갈 때까지 2주 동안은 할머니 집에 가 있으렴.

요점 정리하듯 간단히 말을 마친 엄마는 핸드백을 챙겨 일어섰다. 백을 든 두 손을 가지런히 모으고 엄마는 해나를 잠시 바라보았다.

내가 밉니?

딱히 대답을 바라고 하는 말 같지도 않아서 해나는 가만히 있었다.

미국으로 보러 갈게. 방학 땐 네가 로마로 와도 좋고.

같이 가지.

아빠가 벗어둔 재킷을 챙겨 들며 말했다.

네 짐 챙겨두렴.

해나는 엄마와 아빠가 떠나고 문이 자동으로 닫힐 때까지 선 자리에서 기다렸다. 집은 다시 고요해졌다. 해나는 가방을 내려놓고 소파 가운데 앉았다. 수족관이 정면으로 보이는 자리였다. 양말이 축축했다. 바닥에 물이 흥건했다. 쏟아진 물은 더러웠고 냄새는 퀴퀴했다. 죽은 물고기들이 흩어져있었고 수초는 썩어서 흐물거렸다. 숨이 남은 물고기들이 바닥에서 파닥거리며 몸부림을 쳤다. 수족관의 모래 무덤 속에는 붉은 하이힐이 거꾸로 박혀있었다. 깨진 유리 파편들이 햇빛에 반짝였다. 발밑이 따끔거렸다. 한때는 모두가 있었고 모든 것이 있었던 집이었다. 하지만 이제는 해나 혼자였다. 엄마와 아빠는 떠났고 물고기들은 죽었고 힐은 버려졌다. 유리 파편을 디디고 앉아 해나는 변하는 것은 없을 거라고 스스로에게 말했다. 엄마와 아빠는 변함없이 능력도 있고 돈도 많을 것이다. 해나를 위해 모든 것을 해주겠노라고 약속도 했다. 달라지는 건 없었다. 며칠 뒤면 미국 유학도 가게 될 테고 모두가 가보고 싶어 하는 도시에서 살게 될 것이다. 아무 문제 없었다.

먼저 알아본 건 뱅크시였다. 2층에서 3층으로 이어지는 계단참이었다. 해나는 내려가는 중이었고 뱅크시는 올라오는 중이었다. 해나는 계단의 이쪽 끝에 뱅크시는 저쪽 끝에 서 있었다. 둘은 마치 대응점처럼 마주 보았다. 짧은 머리, 갸름한 눈, 좁은 어깨, 긴 목. 예쁘장한 얼굴에 선이 가늘어 키에 비해 왜소해 보이는. 그래서 남자치곤 예쁘다고 생각했던 뱅크시가 분명했다. 해나는 한 계단 위로 물러났다. 뱅크시는 벽에 어깨를 기댄 채 해나를 올려다보았다. 곤혹스러운 표정이었다. 해나는 뱅크시의 이름표를 보았다. 해나는 교복 위에 미술용 앞치마를 입고 있었기 때문에 이름표가 보이지 않았다.

이……주……희.

해나.

해나는 뱅크시의 위아래를 천천히 훑어보았다.

뱅크시가 맞네.

아, 이제 선배라고 불러야 하나?

뱅크시가 머리를 긁적이며 쓰게 웃었다.

아니, 그냥 부르지 마. 아는 척도 말고. 이 거짓말쟁이야.

해나는 말을 똑똑 분질렀다. 말끝은 차가웠다. 피한단 느낌을 주고 싶지 않아 제 속도를 지키며 계단을 내려갔다.

난 거짓말한 적 없어. 네가 그렇게 생각했을 뿐이야.

해나는 우뚝 섰다. 그리고 뒤돌아섰다. 체크 치마에 자줏빛 재킷을 입고 발목 양말을 신은 뱅크시가 이번엔 해나를 내려다보고 있었다.

치마 잘 어울린다. 진작 그렇게 좀 입지 그랬니.

그게 그렇게 중요해? 우린 친구잖아.

꺼져. 사기 치지 말고.

터널에 올 거지?

당연히 갈 거야. 너만 안 온다면.

뱅크시가 해나의 등 뒤에서 낮게 외쳤다.

기다릴게.

해나는 머리 위로 손을 들어 올렸다. 그리고 가운뎃손가락을 보란 듯이 활짝 펴 보였다.

그날 오후, 급식실에서는 작은 소동이 일어났다. 급식은 3학년, 1학년, 2학년 순으로 이루어졌다. 3학년이 먹고 일어서면 2학년이 들어가 1학년들과 섞여 급식을 하는 방식이었다. 급식실 안은 카레와 닭튀김 냄새로 가득했다. 해나는 배식판을 들고 배식구까지 갔다가 그대로 돌아섰다. 배식판을 제자리에 내려놓고는 물 한 잔을 마셨다. 오늘의 밥은 완두콩 밥이었다. 골라내고 먹어도 되겠지만 어차피 입맛도 없었다. 뒤섞인 음식 냄새가 갑자기 역겨웠다. 스테인리스 물컵이 챙 소리를 내며 떨어졌다. 뒤이어 비명이 들렸다. 비명은 연쇄적이었다. 뒷걸음질하는 애들이 있었다. 물 위의 기름 한 방울처럼 순식간이었다. 누군가 보건실, 이라고 외쳤고 다른 누군가가 급식실 밖으로 달려 나갔다. 밀려나는 아이들로 인해 가만히 서 있던 해나의 주변으로까지 원이 커졌다. 가는 다리와 발목 양말, 체크 스커트가 보였다. 여학생이 쓰러져 있었다. 옆에 선 동급생이 물러서자 쓰러진 여학생의 얼굴이 해나의 시선으로 고스란히 들어왔다. 눈동자는 초점 없이 풀려있었고 목은 부자연스럽게 꺾여있었다. 망가진 인형처럼 두 발이 따로 놀았다. 빳빳하게 굳은 몸이 심하게 떨렸다. 숨을 놓쳤는지 얼굴은 하얗다 못해 파랗게 질려있었다. 입가로 흥건한 침이 흘렀다. 놀라 물러서는 여자애들 사이로 남자애들이 고개를 디밀며 모여들었다. 치마가 허벅지까지 말려 올라가 속살이 고스란히 드러나 있었다. 속옷이 보일 정도로 아슬아슬했다. 해나는 기웃거리는 옆 남학생의 어깨를 거칠게 밀쳐낸 후 재킷을 벗었다. 그리고 쓰러진 뱅크시의 허벅지 위로 던졌다.

쉬는 시간에 옆 반 반장이 해나를 찾아왔다. 손에는 재킷이 들려있었다.

고맙다. 옆반 반장이 말했다.

네가 고마워할 일은 아니잖아.

해나가 대꾸했다.

대신 전해달랬어.

누가?

주희가. 쓰러진 애.

너, 걔랑 같은 초등학교였지?

안됐어. 공부도 잘하고 성격도 참 좋았는데. 옆반 반장이 울상을 지었다.

뭔데?

교통사고. 그 후유증이래. 뇌전증이라는데 나도 잘 몰라. 스트레스 받으면 심해진대. 1학년 애들은 아무것도 모르니까 지들끼리 수군거리고. 주희 어쩌냐.

옆반 반장이 한숨을 푹푹 쉬었다. 쓸데없이 동정심만 많은 애였다. 수업 종이 울렸다. 옆반 반장은 손 인사를 남기고 교실 쪽으로 달려갔다. 해나는 손에 든 재킷을 내려다보았다. 익숙한 뱅크시의 체취가 느껴졌다. 이어 작고 창백한 얼굴이 떠올랐다.

뱅크시가 물었다. 슬플 때 주의할 점은.

해나가 대답했다. 엄마를 찾지 않는다.

해나가 물었다. 높은 데서 떨어질 때 주의할 점은.

뱅크시가 대답했다. 전봇대를 보지 않는다.*

왜?

왜냐고 묻지 않기로 했으면서.

해나가 팔을 내저었다. 제멋대로야.

뱅크시가 크크 웃었다.

물고기들은 모두 죽었다. 그라피티는 이제 끝났다.

터널 앞에 못 보던 안내판이 세워져 있었다. 해나는 침묵을 딛고 서서 안내판을 읽었다. 선로 철거 예정. 통행을 금지합니다. 해나는 돌아보았다. 터널과 그 앞뒤로 몇 미터를 남겨두고 나머지 선로는 철거된 지 오래였다. 길 아래쪽으로 전원주택들이 드문드문 보였다. 누군가 터널을 다녀갔다고 생각하자 기분이 나빴다. 소중한 것을 잃은 것만 같았다. 해나는 안내판을 지나쳐 터널로 들어갔다. 날이 흐려 좀 추웠다. 어깨를 움츠리며 주머니에 손을 찔러 넣었다. 벽에 부딪힌 발소리가 짧게 울렸다. 해나는 검지로 오톨도톨한 벽을 눌러보았다. 날씨 때문인지 벽에

* "고공 낙하할 때는 지상의 전봇대를 보지 않는다." - 버트 제이콥스(Life is Good CEO)

서 습기가 느껴졌다. 뱅크시의 벽은 온통 하얀 것투성이였다. 흰색 스프레이로는 감당이 안 되자 뱅크시는 페인트까지 구해와 벽을 하얗게 칠했다. 터널의 일부분이라고 해도 꽤 넓었기 때문에 뱅크시는 몇 날 며칠 페인트칠만 했다. 사다리를 딛고 올라서서 팔이 닿지 않는 곳까지 꼼꼼히 칠했다. 그라피티를 한다기보다는 담장 도색을 하는 것 같았다. 흰 페인트칠을 끝낸 뱅크시는 굉장히 뿌듯해했다. 마치 잃어버렸던 자신의 영토를 되찾기라도 한 왕처럼. 참 좋다. 리셋된 기분이야. 그러고는 맞은편 벽에 기대앉아 종일 흰 벽만 바라보았다. 해나는 손바닥을 벽면에 갖다 댔다. 붓 자국이 거칠었다. 뽀로로는 가운데에서 약간 치우친 왼쪽에 그려져 있었다. 머리와 몸통의 비율은 맞지 않았고 고글과 모자의 선은 비뚤비뚤했고 팔다리는 기형에 가까웠다. 경련을 일으키던 뱅크시가 떠올랐다. 각기 다른 곳을 보고 있던 눈동자와 부자연스럽게 뒤틀려있던 팔다리. 바닥에 쏟아진 물고기처럼 숨을 헐떡거리던 작은 입. 입가로 흐르던 마른 거품. 뱅크시는 쓰러진 다음 날부터 이틀을 더 결석했다. 해나는 학교를 떠났기 때문에 더 이상 학교에서 뱅크시를 만나지 못했다. 옆반 반장이 말했다. 발작 중에도 다 보고 다 듣는다잖아. 그래서 수치심 때문에 더 괴로워한대. 해나는 뽀로로의 모자를 툭 쳤다. 조종사 모자에 고글이라니. 날개가 있어도 날지 못하는 펭귄의 꿈이 하필 조종사였다니. 이런 게 숙명인가. 공항에서 전화를 걸어온 엄마가 해나에게 마지막으로 한 말이었다. 이것도 네 숙명 아니겠니. 건조한 말투였다. 엄마는 말에 감정을 섞지 않았다. 어차피 나와 네 아빠는 안 될 사이였어. 알잖니? 해나는 모르겠다고 대답했다. 하나도 모르겠어요. 잘 가세요. 해나가 먼저 전화를 끊었다. 엄마는 서쪽으로 떠났고 내일이면 해나도 뉴욕이 있는 동쪽을 향해 떠날 것이다. 그렇게 더 멀어질 것이었다. 해나는 백팩을 벗어 바닥에 내려놓았다. 지퍼를 열어 빼곡히 담긴 스프레이의 색을 하나씩 확인했다. 그중에 하나를 꺼내 들고 삭삭 소리가 나도록 흔들었다. 그리고 후드티의 모자를 당겨 깊숙이 눌러 썼다.

터널 앞에 못 보던 안내판이 세워져 있었다. 터널 보수공사 예정. 통행을 금합니다. 아, 뱅크시는 탄식했다. 뒤를 돌아보았다. 선로는 완전히 철거되고 없었다. 자갈과 흙이 뒤섞인 길 한쪽으로 침목 더미가 보였다. 뱅크시는 침목 자국 위를 걸어 터널로 들어갔다. 꼬박 나흘을 앓았다. 자신을 둘러싼 눈빛들과 수군거림이 머릿속에서 떠나지 않았다. 몸이 뒤틀리며 치마가 말려 올라갔다. 몸이 말을 듣지 않았다. 두 다리가 점점 더 벌어졌다. 소리를 내고 싶었지만 말은 나오지 않았다. 그때 허벅지 위로 무언가 툭 떨어졌다. 옷자락이 살짝 보였다. 옅은 비린내가 났다. 동시에 형광빛 파랑 테트라 무리가 떠올랐다. 퀭한 눈, 닫힌 아가미, 움직이지 않는 지느러미. 그라피티 속의 테트라는 모두 죽어있어 마치 물고기 무덤처럼 보였다. 더 이상 해나와는 만날 수 없었다. 나눈 것이라곤 터널의 양 벽과 초코파이 하나와 조금의 시간뿐이었다. 그리고 약간의 질문과 대답을 주고받았는데 그것만은 꽤 오랫동안 생각하게 될 것 같았다.

뱅크시는 터널의 가운데에 서서 벽의 이쪽과 저쪽을 번갈아 바라보았다. 아무것도 없었다. 뽀로로도 테트라 무덤도. 완전히 지워져 있었다. 뱅크시는 흰색으로 깨끗이 뒤덮인 벽 가까이 다가갔다. 덜 마른 페인트 냄새가 났다. 붓이나 롤러가 지나간 흔적도 없이 벽은 매끈했다. 해나는 알고 있을까. 뱅크시는 페인트 아래 묻힌 테트라 무리를 상상하며 벽을 따라 걸었다. 끝에서 끝으로 다시 돌아온 뱅크시는 쪼그려 앉았다. 모서리에 작은 그림 하나가 눈에 띄었다. 모서리 바깥쪽이라 페인트칠은 되어있지 않았다. 몸통과 꼬리만으로 이루어진 작은 물고기였다. 뱅크시는 물고기 머리에 손끝을 올렸다. 물고기는 왕관을 쓰고 있었다. 단순한 모양의 작은 왕관이었다. 왕관은 장미셸 바스키아의 상징이었다. 바스키아는 자신의 그림에 늘 왕관을 그려 넣었다. 해나, 너도 네 별명이 싫진 않았구나. 뱅크시는 손끝으로 왕관을 따라 그린 뒤 물고기의 등을 따라 움직였다. 머리와 배와 꼬리를 지난 손끝이 다시 왕관으로 돌아왔다. 몇 번쯤 선을 따라 돌던 뱅크시가 선에서 손을 뗐다. 전기가 통하는 것처럼 손끝이 따가웠다. 선이 손에 묻어나는 느낌이었다. 뱅크시는 물고기 그림을 가만히 들여다보았다. 물고기가 조금씩 돋을새김으로 부풀어 올랐다. 뱅크시는 눈을 감았다 떴다. 물고기는 머리부터 조금씩 벽에서 떨어져 나오고 있었다. 꼬리까지 완전히 빠져나오는 데까지 그리 오래 걸리지 않았다. 홀로그램으로 떠오른 물고기는 뱅크시의 눈앞에서 꼼짝도 하지 않았다. 뱅크시는 조심스럽게 손을 뻗었다. 닿았다고 느껴진 순간 손끝에서 생기가 돌았다. 물고기의 꼬리가 팔딱였다. 물고기는 여린 꼬리를 느리게 움직이고 있었지만 앞으로 나아가지도 뒤로 물러나지도 않았다. 꼬리지느러미만이 유일했다. 물고기는 작은 원을 그리며 제자리에서 맴을 돌았다. 추워. 물고기가 말했다. 물고기는 입도 아가미도 없었다. 물고기의 말이 아닐 수도 있었지만 다른 무엇이라고 생각하기도 어려웠다. 소리로 변환된 생각 같기도 했고 마음 같기도 했다. 해나의 소리 같았고 어쩌면 뱅크시의 소리 같았다. 뱅크시는 눈앞의 물고기를 보았다. 다시 소리가 들렸다. 추워.

뱅크시는 일어섰다. 물고기가 뱅크시의 눈높이까지 따라 올라왔다. 뱅크시는 터널 밖으로 걸었다. 날은 흐렸다. 안내판을 지나 몇 걸음 더 걸어간 자리에서 뱅크시는 뒤를 돌아보았다. 햇빛 속에 물고기가 있었다. 왕관을 쓴 물고기는 꼬리를 느리게 움직이며 따라오고 있었다. 투명한 몸통에 하늘과 구름과 나무가 비쳤다. 바람이 불었다. 물고기가 뒤로 밀렸다. 물고기는 물살을 가르듯 꼬리를 빠르게 움직였다. 뱅크시는 선 자리에서 물고기를 기다리며 터널을 바라보았다. 터널의 아치가 좁은 문처럼 보였다. 그 문이 서서히 작아지며 멀어지고 있었다. 빛살을 헤엄쳐 물고기가 뱅크시 가까이 다가왔다. 빛 속에서 물고기의 파랑빛은 놀랍도록 순연했다. 뱅크시는 뒤돌아서 다시 걸었다. 너무 빠르지 않게 조금 천천히.

버지니아 동굴로

두 장의 사진이 있다.

하나는 가족사진이고 다른 하나는 풍경 사진이다.

하나는 컬러사진이고 다른 하나는 흑백사진이다.

두 사진의 물리적 시차는 28년이다.

컬러필름으로 찍은 가족사진에 대한 이야기부터 시작하는 게 순서에 맞을 것이다.

사진의 뒷면에는 이탤릭체로 '1989년 12월 23일 김포공항에서' 라고 쓰여있다. 세월에 바랜 글씨가 흐릿하다. 사진 속에는 아홉 명의 어른과 아이 다섯이 있다. 자매로 보이는 아이 둘을 앞에 두고 선 젊은 부부를 중심으로 옥색 한복 차림의 모친과 둘째 남동생 부부와 셋째, 넷째 여동생 부부 그리고 사촌지간인 세 아이가 서 있다. 검은 이민 가방이 사진 한 귀퉁이에 함께 찍혀있는데 아이들 키보다도 크다. 당시 학생이었던 다섯째, 여섯째 그리고 막냇동생은 공항에 오지 못해 사진 속에 없다. 지나가던 공항 직원에게 부탁해 찍은 이 사진은 현상하여 남은 형제들이 한 장씩 나눠 가졌다. 지금 내가 보고 있는 이 사진은 셋째 동생이었던 엄마의 것이다. 사진 속에는 어린 나도 있지만 기억하지 못한다. 엄마는 같은 사진을 그해 크리스마스에 미국에도 한 장 보내주었다.

다른 한 장은 흑백의 풍경 사진이다. 가족사진과 달리 찍은 날짜는 쓰여있지 않지만 나는 확실히 기억한다. 위키백과에 실린 현지 시각을 따르는 게 무난하겠다. 2009년 1월 15일. 미국 뉴욕 표준시에 따른 날짜이다. 그 사진을 찍은 사람은 나였다. 가방에서 카메라를 꺼내 피사체에 앵글을 맞춘 후 셔터를 서너 번쯤 눌렀다. 찍을 때마다 필름을 감아야 하는 수동 카메라였다. 비슷한 앵글의 사진은 지금도 구글 검색으로 얼마든지 볼 수 있다. 그 사건은 몇 년 후에 영화화되었고 나는 상영 마지막 날에 조조로 보았다. 설리 기장 역을 맡았던 톰 행크스의 연기가 퍽 인상적이었다. 클린트 이스트우드 감독 작품이라는 건 엔딩크레디트가 올라갈 때에야 알았다. 실화를 바탕으로 한 영화들이 범하기 쉬운 억지 감동 없이 사실에 충실한 서사와 담백한 연출이 좋았던 기억이 난다.

그날, 나는 JFK국제공항에 있었다. 노스웨스트항공을 이용해 나리타와 미니애폴리스를 경유하여 뉴욕에 막 도착한 직후였다. 가장 저렴한 항공권을 구입했기에 두 번의 환승과 대기 시간 그리고 긴 탑승 시간을 견뎌야 했다. 체류 주소를 잘못 적는 바람에 입국 신고서를 세 번이나 다시 쓰고서야 겨우 짐을 찾아 나오려는데 세관 직원이 불러 세웠다. 내 체격의 세 배쯤 되어 보이는 네이비색 제복의 백인 남자가 허리춤에 두 손을 척 걸친 채 내 대형 캐리어를 내려다보았다. 오픈. 동양인인 내가 영어가 능숙하지 못할 거라 생각한 배려치고는 말이 너무 짧았다. 우쥬도 플리즈도 생략된 단문이었다. 왓? 남자의 긴 팔이 열린 캐리어의 한쪽을 가리켰다. 예상 질문이었기에 나는 외운 대로 또박또박 끊어 말했다. 레드, 진생, 리퀴드. 정확한 표현이었다. 캐리어 한쪽에는 진공 포장된 홍삼액 몇십 개가 군락을 이루고 있었다. 진생? 왓? 직원이 다시 물었다. 말꼬리 잡기도 아니고 세관 직원이 정말 인삼을 모른단 말인가 하는 의구심이 들었다.

코리아 진생. 몇 번의 맴을 돌던 대화는 절벽을 만난 것처럼 뚝 끊겼다. 납득과 포기의 모호한 표정을 지으며 세관 직원은 새를 쫓듯 팔을 훠이훠이 흔들었다. 나는 양손에 하나씩 캐리어를 잡고 질질 끌며 입국장으로 나갔다. 그 나라말로 그 나라 사람을 이길 자신은 당연히 없었다. 나도 그저 내 나라말로 거친 말을 입안에서 굴렸을 뿐이다.

사진으로 익힌 얼굴이라 해도 30년 만에 만난 핏줄을 한눈에 알아본다는 것은 꽤 벅차고 감동적이었다.

왔구나. 우리 영선이 큰딸.

외삼촌은 두 팔을 크게 벌리며 반겼다.

큰외삼촌.

나는 외삼촌과 팔 하나의 거리를 둔 위치에서 걸음을 멈췄다. 나는 누군가와 어깨와 팔이 닿을 만큼 가까이 있는 게 퍽 어색한 사람이다. 내가 데면데면하게 굴자 외삼촌이 무안해진 두 손을 바지에 문지르며 허허 웃었다. 우리는 호명으로 인사와 감회를 대신했는데 내가 객관적 호칭—외가의, 맏이, 엄마의 오빠—을 사용한 데 비해 외삼촌은 다감한 호칭—아끼는, 바로 밑의 여동생의, 첫아이—을 씀에 미묘한 차이가 있었다.

키도 얼굴도 길쭉길쭉한 형제들과 달리 큰외삼촌은 작고 동글

동글했다. 외할아버지를 닮아 머리숱이 적은 다른 남자 형제들과 달리 외삼촌은 검은 머리에 숱도 여전히 많았다. 형제 중 유일하게 술을 못 마시기도 해서 생전의 외할머니는 큰외삼촌만은 확고한 외탁이라고 말씀하셨다.

느이 엄마 판박이구나. 나는 순간 영선이가 온 줄로 알았다.

영선이는 외삼촌의 큰 여동생이자 나의 엄마의 이름이다. 엄마 형제의 돌림자는 '영'이었다. 영호, 영도, 영선, 영순, 영종, 영환, 영기. 영호가 외삼촌이고 영선이가 엄마다.

나오는데 좀 까다롭지?

홍삼을 액체 폭탄으로 여기는 거 같더라고요.

외삼촌은 내게서 대형 캐리어 두 개를 가져가며 미간을 살짝 찡그렸다.

엄마가 괜한 수고를 했구나. 여기도 다 있는데. 9·11 이후로 이곳 사람들은 많이 예민해졌어. 이해해줘야 해.

열린 게이트로 1월의 찬바람이 밀려들었다. 나는 롱 파카의 지퍼를 끌어올리며 환대받기에는 무리인 날씨라고 생각했다.

손목시계의 시침을 뒤로 열세 바퀴 돌린 뒤에야 비로소 이국의 땅에 무사히 착지했다는 안도감이 들었다. 내가 옅은 한숨을 뱉자 외삼촌이 룸미러로 내 안색을 살폈다.

고단하지?

긴장이 풀렸나 봐요.

나는 검지로 다크서클을 문지르며 차창 밖을 내다보았다. 정오를 훌쩍 넘긴 오후였다. 먹구름이 끼어 낮치고는 어둑했다. 사물이 멀리 보여 좀 막막한 날이라고 할까. 처음인데도 대도시의 스카이라인에서 기시감을 느꼈다. 매년 외삼촌이 보내오는 사진엽서에서 자주 보았던 마천루였다. 사진 속에는 엠파이어스테이트빌딩과 크라이슬러빌딩 그리고 이제는 그라운드 제로가 된 테러 이전의 세계무역센터가 있었다.

한국 식구들은 다들 잘 있니?

네. 모두 먹고살 만하니 걱정하지 마시래요.

먹고살 만해서야 쓰나. 잘살아야지.

다들 건강하고 모든 형제가 작아도 제집은 마련했으며 돈 없어 자식 공부 못 시킬 형편까지는 아니라는, 엄마의 대사를 그대로 옮겨 읊었다.

시를 쓴다고? 책도 냈다며?

아, 네, 뭐, 그냥.

설익은 시심과 거친 필력이 민망해 나는 운율만 그럴싸한 대답을 해버렸다.

하나님께 감사할 일이구나.

외삼촌이 손을 뻗어 룸미러에 걸린 나무 십자가를 만지작거렸다. 테두리가 반질반질했다. 먼 이곳에서 신앙을 의지처로 삼아 굴곡진 생을 버틴 흔적이었다. 철저히 무신론자였던 친구도 결혼 후 캐나다로 이주한 뒤에 1년을 버티지 못하고 교회에 나갔다. 북아메리카에서 교회는 한인 커뮤니티의 구심점과 같아서 백기 투항할 수밖에 없었노라고 친구는 농담조로 말했다.

차가 뉴저지로 향하는 다리로 올라서자 좌우로 시야가 넓어졌다.

저기가 맨하탄.

외삼촌이 오른쪽 창밖을 가리켰다. 나는 시트에 기댄 상체를 일으키며 졸린 눈을 떴다. 얼굴을 창에 붙이다시피 대고 강 건너를 바라보았다. 나는 창문에 손가락을 대고 뉴욕의 스카이라인을 따라 그렸다. 검은 점 하나가 멀리 보였다. 점은 다가오며 점점 커졌고 하강하고 있었다.

아…….

새가 날아오고 있었다. 아주 큰 새였다. 새는 흰색이었으며 양 날개는 크고 반듯하게 열려있었다. 새는 강 쪽으로 크게 활강하듯 미끄러졌다. 어, 어, 어. 나는 반사적으로 창에서 얼굴을 떼며 뒤로 물러났다. 새는 날개도 접지 않은 채 물 위로 주저 없이 몸을 던졌다. 거대한 물보라를 일으키며 새가 완전히 강에 내려

앉고서야 나는 그것의 실체를 알아볼 수 있었다. 물 위를 미끄러지던 그것이 간신히 멈춰 서자 동시다발적으로 클랙슨이 울렸다. 서행하던 차들이 일제히 멈춰 섰다. 외삼촌도 뒤따라 차를 세우고 조수석 창 너머를 내다보았다.

……비행기예요.

놀란 나는 우물거렸다. 외삼촌이 라디오를 켰다. 라디오에선 낮은 볼륨의 팝송이 흘러나오고 있었다. 이리저리 채널을 돌려도 아직 속보를 전하는 곳은 없었다. 차에서 내린 몇몇 사람들이 다리 난간에 서서 상황을 살피고 있었다. 누군가가 테러를 외쳤다.

나는 가방에서 카메라를 꺼냈다. 오래된 수동 카메라의 필름을 손으로 돌려 감았다. 딸깍 소리가 났다. 비행기는 날개를 편 채로 수면 위에 가만히 앉아있었다. 정적을 깨고 날아오는 헬리콥터가 보였다. 멀리 구급차 소리도 들렸다. 나는 렌즈에 오른쪽 눈을 대고 초점을 맞췄다. 찰칵. 필름을 감아가며 두세 번쯤 더 셔터를 눌렀다. 앞쪽 차들이 느리게 움직이기 시작했다. 외삼촌은 다시 차에 시동을 걸었다. 비행기 주위로 크고 작은 배들이 모여들고 있었다.

외할머니의 호소에도 불구하고 외삼촌은 결정을 번복하지 않았다. 먼저 떠난 처가를 따라 미국 이민을 결심한 외삼촌을 형제들은 붙잡지 못했다. 그 당시의 이민이란 이별과 별반 다르지 않았다. 헤어지면 언제 다시 볼 수 있을지도 몰랐다. 대들보 같은 큰아들을 평생 못 볼지도 모른단 두려움에 외할머니는 울며 말리셨다.

도무지 나아지지 않아요. 더는 여기서 기대할 게 없어요.

엄마가 옆에서 들은 말에 의하면 그랬다.

우리 모두 개펄에 빠진 것만 같아요.

엄마는 그 말을 들은 후로 더 이상 외삼촌의 이민을 만류하지 않았다고 했다. 비유와 은유를 배운 적은 없어도 팍팍한 삶이 가르쳐준 세상 눈치는 누구보다 밝은 엄마였다. 결혼해 분가시켰지만 여전히 걱정스러운 동생 셋과 홀로 남은 모친 그리고 더 가르쳐야 할 동생 셋. 개펄에 박힌 그 '모두'가 부담이라면 혼자라도 먼저 빠져나가는 게 옳다고 엄마는 생각했다.

우리는 큰오빠를 이해합니다.

미국으로 보내는 엄마의 크리스마스카드에는 늘 이 문장이 있었다.

외삼촌이 이민을 가고 10년 후에 외할머니가 뇌졸중으로 쓰러지셨다. 그 뒤 몇 년을 중풍으로 고생하시다 돌아가셨을 때 미국으로 부고 전화를 한 사람은 아버지였다. 소식을 들은 외삼촌은 가타부타 대답이 없었다. 제날짜에 귀국이 어렵다거나 사정이 여의찮다는 등의 말도 없었다. 외할머니는 생전의 걱정대로 아들을 다시 만나지 못한 채 떠나셨다.

엄마는 그해 크리스마스카드에도 같은 말을 변주했다.

우리 모두는 오빠를, 모두 이해합니다.

언짢은 기색을 보이는 아버지에게 엄마는 말했다.

당신은 몰라요. 오빠의 삶이 얼마나 고단했는지.

지독히 빈곤한 집안의 맏이로 태어나 식구 하나하나를 가난에서 건져낸다는 게 얼마나 힘든 일인지, 가난은 늪 같아서 몸부림치면 더 깊숙이 빨려드는데 그게 얼마나 사람을 무력하게 만드는지 아는 사람이기에 불쌍히 여겨야 한다고 엄마는 말했다.

오죽하면 사우디까지 갔겠어요. 돈 많이 준대서 다녀왔는데도 나아진 게 없으니 막막했겠지요.

뉴욕을 벗어나 한 시간여를 더 달려 외삼촌의 집이 있는 에디슨 카운티에 도착했다. 날이 저물어 어두웠다. 단지 안에는 2층의 빌라식 아파트 여러 동이 길게 들어서 있었다. 건물이 낮아서 상대적으로 주차장이 더 넓어 보였다. 외삼촌네는 1층 왼쪽 집이었다. 집은 작고 좁았다. 작은 거실 하나에 부엌과 방 하나, 그 옆의 건식 욕실이 전부였다. 움직일 때마다 마룻바닥이 삐걱거렸다. 이 좁은 집으로의 이사가 엄마가 나를 미국에 보낸 결정적 계기이기도 했다. 20여 년 만에 힘들게 마련한 2층 전원주택을 어찌 한순간에 병원비로 날릴 수 있는지, 그만큼 큰오빠의 위암 투병이 심각한 건 아닌지 누가 가서 직접 확인해보자는 게 외가의 뜻이었다. 큰오빠의 몹쓸 병이 젊어 한 고생의 인과가 아닐까 하는 확대해석의 여지도 있어 보였다. 맡은 바 임무는 내게 떨어졌다. 생계적으로는 방과 후 교사였고 대외적으로는 변변찮은 예술인이니 시간 융통에 가장 유리하고, 싱글이라 챙기고 따질 사정이 적지 않냐는 게 엄마의 추천 사유였다. 그때의 나도 한창 이리저리 미끄러지던 중이라—방과 후 교사의 재계약은 미지수였고 통장에 찍힌 연간 시집 인세는 30만 원도 되지 않았다— 길게 고민하지 않았다. 주변 환기에 대한 욕구와 함께 뉴욕에 대한 에세이 몇 편이라도 건지지 않을까 하는 얄팍한 계산도 어느 정도 있었다. 그곳에서 외삼촌은 더 이상 미끄러지지 않고 두 발로 땅을 딛고 사는지도 궁금했다.

한인 요양원에서 일하는 외숙모의 오후 근무가 끝나기를 기다리며 외삼촌과 나는 카운티 내에 있는 아시아 식당에서 볶음밥을 먹었다. 중국식, 태국식이 섞인 복합적인 맛이었다. 집으로 돌아와서는 한인 채널로 일일 드라마 〈하얀 거짓말〉을 보았다.

외삼촌 말에 의하면 한인 사회에서 요즘 인기 있는 드라마라고 하는데 TV를 보지 않는 내겐 제목조차 낯설었다. 오히려 드라마보단 화면에 깔린 영어 자막을 보며 입국 심사 이후로 내가 영어 한마디 쓰지 않은 걸 깨닫고 피식 웃어버렸다. 외숙모는 드라마가 끝날 때쯤 돌아왔다. 사진에서 보던 외숙모는 여전히 작고 마른 몸을 가지고 있었다. 어렸을 때 외삼촌네에 두어 번 놀러 가서 사촌들과 어울린 적도 있다는데 내 기억엔 없었다. 외숙모는 내 두 손을 덥석 잡고 크게 흔들었다. 세상에, 세상에. 추임새도 섞여 들었다.

나는 한국에서 챙겨온 선물들을 캐리어에서 꺼내 거실에 펼쳐놓았다. 넷째 여동생이 챙긴 면 100프로 속옷과 보온 내복이 이 20여 벌, 남동생들이 함께 준비한 외숙모와 두 여사촌의 순금 목걸이와 귀걸이 세트 그리고 셋째 여동생인 엄마가 준비한 문제의 홍삼액과 말린 미역을 포함해 각 형제의 안부와 메시지를 담은 편지와 카드, 사진 묶음이었다.

면이랑 금은 한국이 최고지. 여기 코튼은 한국만 못해.

이모가 사돈네 것까지 넉넉히 챙기셨다고 나눠 보내랬어요.

고마워라. 둘째 고모는 그래도 꽤 사는 집에 시집을 갔지. 일 많고 시동생 많은 종가라고 느이 외삼촌은 반대를 했지만 말이야.

외숙모는 재빠른 손놀림으로 내의와 내복을 착착 챙겨 옮겼다. 두 외사촌을 위한 목걸이와 귀걸이 세트는 서랍 깊숙이 넣었다.

큰애는 결혼해서 멕시코에 살고 둘째는 캘리포니아에서 지내는데 아무래도 이번에 얼굴 보기는 어렵겠다. 우리도 큰애 본 지 1년도 넘었어. 둘째도 바쁘다고 하니 다녀가라 하기도 그렇고.

나는 괜찮다고 했다. 멕시코인과 결혼한 큰 외사촌은 작년에 첫아이를 낳았고, 스무 살이 되자마자 캘리포니아로 독립해 떠난 둘째 외사촌은 크리스마스 시즌에나 한 번 다녀가는 게 전부라고 외숙모는 말했다. 외사촌 둘 다 어려서 이민을 오는 바람에 한국어는 거의 잊었다고 했다.

리스닝은 그런대로 되는데 스피킹이 너무 약해.

그래서 가족이 모여도 대화가 종종 겉돈다고 외숙모는 씁쓸한 말투로 덧붙였다.

이민 초에 외삼촌은 대용량 바셀린과 48색 크레파스를 각 집에 나눠 보냈다. 바셀린 통에는 큰 여동생네, 라고 쓰여있었다. 바셀린이 워낙 크기도 했고 아껴 쓴 탓에 꽤 오랫동안 쓴 기억이 있다. 한국에서도 바셀린을 살 수 있단 소식을 들은 이후엔 외삼촌은 센트룸 같은 영양제나 양키캔들을 챙겨 보냈다. 대용량이라는 것만은 언제나 같았다.

홍삼은 두 분 몫이라고 누구 주지도 말고 아끼지도 말고 부지런히 드시래요. 미역은 곧 외삼촌 생신이라고 챙겨 넣으셨어요.

세상에. 핏줄이 좋긴 좋네. 30년 못 본 오빠 생일도 다 기억하고. 당신은 좋겠어요.

내가 어머니랑 생일이 한날이라 그래. 며느리 사표 쓴 당신은 다 잊었겠지만.

2인용 소파에 앉은 외삼촌이 잠긴 목소리로 낮게 말했다.

당신 말이 좀 뾰족하네. 한국에 있을 때 우리가 얼마나 애썼는지는 다 잊었어요?

외숙모가 샐쭉한 표정을 지었다. 소파 옆에 딸린 작은 테이블 위에는 무선전화기와 낡은 수첩이 놓여있었다. 일주일에 한 번씩 같은 시간에 여섯 동생에게 전화를 걸어 안부를 묻고 걱정을 늘어놓던 자리였다. 엄마는 일요일 11시면 늘 전화기 앞에 앉아 큰오빠의 전화를 기다렸다. 그전에는 아버지와 번갈아 가며 받았지만 외할머니 장례 이후 전화가 올 때면 아버지는 손사래를 치며 안방으로 들어가 버렸다. 그 뒤로 통화는 몇 년 동안 온전히 엄마와 내 차지가 되었다.

늦은 밤이었다. 외삼촌과 외숙모, 나는 작은 식탁 앞에 앉아있었다. 나는 시차 때문에 몽롱했지만 졸리지는 않았다. 외숙모는 접시와 티스푼을 세 개씩 꺼내 식탁에 차렸다. 외삼촌은 접시 위에 자몽을 하나씩 올렸다. 자몽은 싱싱했으며 내 주먹보다 크고 둥글었다.

여기는 자몽이 아주 맛있어. 오렌지하고는 또 달라서. 한국서 먹어봤니?

나는 심드렁하게 고개를 끄덕였다. 문득 오래전 외삼촌이 보낸 카드에서 읽었던 내용이 생각났다. 여기는 바나나가 아주 흔하고 맛있단다. 그때는 한국에서는 아직 바나나가 흔해지기 전이라 나는 진심으로 부러워했었다.

한국도 이제 바나나랑 오렌지는 흔해요.

내가 두 엄지로 자몽 위쪽을 눌러 까려 하자 외숙모가 손을 내저었다.

아니. 그렇게 먹는 게 아냐.

나는 거둔 두 손을 식탁 아래로 숨기듯 내렸다.

까먹으면 손 버리잖아. 여기서는 이렇게 먹어.

외숙모는 자몽을 옆으로 누인 후 과도로 위쪽을 싹둑 잘랐다. 자몽의 주홍색 속살이 원형으로 드러났다. 새콤씁쌀한 향에 자연스레 입안에 침이 고였다.

속살을 스푼으로 이렇게 살살 긁어내서 먹으면 돼.

외삼촌과 외숙모는 능숙하게 드셨지만 나는 처음이라 서툴렀다. 미국 자몽은 더 쓰구나, 라는 생각을 하며 그래도 바닥까지 싹싹 긁어 먹었다. 외삼촌네에 머무르는 동안 나는 밤마다 이런 식으로 자몽을 먹었다. 있는 동안 많이 먹으라는 외삼촌 말에 두 개까지 먹은 적도 있었다.

모레, 휴일을 낼 거야.

외삼촌은 빈 자몽을 두 손으로 감싸 쥔 채 말했다.

숙모랑 오래전부터 말해온 곳인데 못 가봤어. 너 온 김에 큰맘 먹고 가보자는구나.

나는 느릿하게 자몽 밑바닥을 긁으며 자유의 여신상과 타임스퀘어를 떠올렸다. 어쩌면 나이아가라 폭포일지도 모른다고 생각하며 나는 고개를 끄덕였다.

다음 날은 일요일이었고 주일이었다. 나는 세수와 양치만 간신히 하고 뒷좌석에 구겨지듯 올라탔다. 차로 20여 분 거리에 있는 한인 교회에 인근에 사는 한인들은 모두 모인 듯했다. 목사님도 장로님도 일반 신자들 모두 한국 사람이었고 교회 내부도 한국과 전혀 다를 것이 없었다. 몸으로 느끼는 시차만이 내가 지금 미국에 있다는 걸 알려줄 뿐이었다. 예배가 끝난 후 외삼촌은 나를 데리고 다니며 사람들에게 소개했다.

염원하던 친가 식구를 드디어 만나셨군요. 오래 그리워하셨지요?

목사님은 내 손과 외삼촌 손을 번갈아 잡으며 고저 없는 음성으로 말했다.

말씀드렸던 큰 여동생 딸입니다. 시를 쓰는데 몇 년 전에 시집도 냈습니다. 학교에서 애들도 가르칩니다.

주위에 함께 있던 다른 사람들이 내게 대견한 눈빛을 보냈다. 문맥상 오류는 없었고 바로잡기에는 외삼촌의 체면도 있어 나는 부러 못 들은 척 십자가만 바라볼 뿐이었다.

피붙이가 오니 권사님 얼굴이 활짝 폈습니다. 두고 온 가족을 위해 간절히 기도하시더니 응답을 받으셨네요.

반백의 중년 여성이 쟁반에 받쳐 온 식혜를 한 잔씩 나눠주며 말했다. 점심으로는 잡채 덮밥과 꿀 절편이 나왔다. 한국에서 먹던 맛과 신기할 정도로 똑같았다. 나는 잡채의 당면을 걷어 먹으며 생전에 큰아들 한 번만 보기를 간절히 바랐던 외할머니의 기도는 왜 응답을 받지 못했는지에 대해 생각했다. 할머니는 눈에 보이는 남은 자식들보다 잴 수 없이 먼 곳으로 떠난 큰아들의 안위를 더 걱정하셨다. 영주권을 얻은 후 외삼촌은 몇 번이나 외할머니를 초청하려 했었지만 매번 무산되었다. 고령의 외할머니에게 장거리 비행은 무리이기도 했지만 외삼촌 또한 초청 절차에 적극적이지 않은 탓도 있었다. 쓰러지신 외할머니가 몇 년 후 돌아가실 때까지 외삼촌은 입국하지 못했다. 형제들은 종용하지 않았다. 모두 이해합니다, 라는 말로 교차하는 감정을 묻었다. 아버지가 오히려 섭섭한 소리를 뱉곤 했는데 그럴 때마다 엄마는 당신은 모르는 세월이 있고 동생인 나는 이해한다는 말로 일축해버렸다.

외숙모가 오후 출근을 한 후 나는 교회에 남아 외삼촌이 잡무를 끝내기를 기다렸다. 외삼촌은 작년에 위암 수술을 받은 후 쉬는 중이었다. 외삼촌 가족은 수술비를 마련하기 위해 세탁소와 어렵게 장만한 이층집을 팔았다. 미국 의료 시스템에 대해 전혀 몰랐던 한국의 형제들은 수술에 큰돈이 들어갔다는 말을 듣고도 반신반의했다. 수술은 무사히 잘 끝났지만 작은 임대 아파트로 옮겼다는 소식을 듣고서야 다시 걱정이 배가된 엄마의 선동으로, 형제들은 그동안 모아둔 형제 곗돈을 털어 내게 들려 보냈는데 직접 가서 사정과 형편을 알아보라는 것이었다.

사진으로 보았던 전형적인 미국의 이층집과 생계의 축이었던 세탁소는 정말 처분된 상태였고 외삼촌은 수술 후 요양 중임에도 여전히 많이 야윈 상태였으며 외국살이의 큰 파도를 타고 넘으며 얻은 긴 피로까지 겹쳐 몹시 고단해 보였다. 거기엔 아메리칸 드림이라는 게 있다네요. 미국에서는 모든 꿈이 이루어진대요. 엄마의 말에 외할머니는 세상 부질없는 게 꿈이라 꿈에서는 아무리 잘 먹어도 헛배만 부르고 더 허기질 뿐인데 무슨 꿈이기에 그 멀리까지 가야 하느냐고 몇 번이나 되물었다.

영하로 떨어진 기온에 미처 녹지 못한 눈이 얼음이 되어 햇살에 반짝였다. 나는 실눈으로 풍경을 살피며 공동 현관의 계단에 앉아있었다. 외숙모는 간식거리를 준비하느라 분주했고 외삼촌은 차의 트렁크를 치우고 있었다. 계단을 내려오는 둔중한 발소리가 들렸다. 나는 몸을 한쪽 벽으로 붙이며 돌아보았다. 위층 남자인 모양이었다. 나온 배가 인상마저 넉넉해 보이게 하는 백인이었다. 파카 때문에 몸은 더 커 보였다. 굿 모닝. 그는 내 곁을 비켜 지나며 손을 들어 보였다. 쏘리. 마지막 나무 계단이 유달리 삐걱거리는 바람에 나는 엉거주춤 몸을 일으켰다. 그는 외삼촌에게도 인사를 건네고는 주차장 저쪽으로 성큼성큼 걸어갔다. 피크닉 가방을 손에 든 외숙모가 문을 열고 나왔다.

여기서는 모르는 사이라도 인사를 나눠. 먼저 들어가도 뒷사람이 들어오도록 문손잡이를 잡고 기다려주지. 한국에선 어디 그러니? 더한 걸 해주고도 고맙단 말 한 번 못 들어봤어, 나는.

나는 그저 그런 상황이 익숙하지 않았을 뿐이었다.

미국 사람들은 아무리 가볍게 부딪쳐도 항상 쏘리라고 해. 젠틀하지.

영어 교과서로 배웠던 흔한 대화 지문들이 입안에서 굴러다녔지만 능청스레 내뱉기에 나의 미국 체류 시간은 고작 이틀이었다. 입국장을 나온 뒤로 간 곳은 한인 교회가 전부였다. 유어 웰컴, 천만에, 잇츠 오케이, 괜찮아. 나는 신발 뒤축을 타이어에 탁탁 쳐댔다. 눌어붙은 눈들이 덩이째 떨어져 나갔다. 뒷좌석에 타며 나는 한국보다 더 추운 겨울이라고 생각했다.

차는 이미 시동이 걸려있었다.

요즘 차는 공회전 안 해도 된다는데도 당신은 참.

외삼촌은 히터를 틀고 1~2분을 더 기다렸다. 차 안에 조금씩 온기가 퍼졌다.

카운티 벗어나서 버지니아주 쪽으로 따라 내려가면 이정표가 보인다고 했어요. 찾아가기 어렵지는 않은데 시간은 제법 걸린다네요.

얼마나?

가는 데 여섯 시간 정도. 나라가 워낙 크니까.

나는 수긍하듯 고개를 끄덕였다. 주차장을 벗어난 차는 2차선을 따라 달리기 시작했다. 직선으로 뻗은 2차선이 활주로와 흡사했다. 뉴스에 따르면 비행기 날개 위로 탈출한 승객들은 모두 무사했다. 안전한 추락에 성공한 기장은 온 국민의 히어로가 되어있었다.

강 위의 비행기는 이제 어떻게 되는 걸까. 새처럼 보였던 그 비행기는 도착하지 못한 목적지를 향해 다시 비행할 수 있을까. 사람들은 목적지를 향해 다시 떠났을까. 궁금했다.

외숙모가 룸미러로 나를 보며 말을 이었다.

조카도 알지? 외가 동네에 있는 동굴. 지금 가는 데가 거기랑 그렇게 비슷하다고 그러네. 한 고향인 권 집사가 그 동굴에 다녀와서 그러더라고.

외삼촌과 외숙모는 고향이 같았다. 그곳은 나의 외가이기도 하고 이모와 외삼촌, 7남매의 고향이기도 했다. 작고 조용한 동네에는 오래되고 깊은 동굴이 하나 있다. 동굴은 크고 아름다워 지금도 많은 사람들이 찾는다. 나도 외할머니를 따라 한 번 가 본 적이 있었다.

석회암 동굴인가 봐요.

내 말에 외숙모는 탁 손뼉을 쳤다.

그래 맞아. 석회암. 안 쓰는 단어는 아예 기억도 안 나네. 여보, 석회암이 영어로 뭐지?

외삼촌은 고개를 가로저었다. 내 머리 위로도 물음표가 떠올랐지만 어차피 모르는 단어였다.

당신 그 얘기는 못 들었지? 권 집사님 운 이야기.

울어?

외삼촌이 되물었다. 차는 어느새 6차선 도로에 올라 있었다.

권 집사네도 이민 온 지 30년 넘었잖아요. 한국에 못 가본 사정도 우리랑 비슷하고.

동굴에서 길 잃은 기억이라도 났던 걸까?

어머. 당신 그런 적 있어요?

외숙모가 외삼촌 쪽으로 몸을 살짝 틀었다.

여동생 둘 데리고 간 적이 있어.

외삼촌이 룸미러 속 내게 말했다.

느이 엄마 일곱 살 때.

외삼촌은 엄마와 세 살 터울이니 열 살이었을 것이다. 그때는 외삼촌이 키도 제일 컸을 것이다.

돌아 나오는 길을 찾지 못해 해가 지도록 그 안에 있었어.

큰고모, 작은고모 울고불고 난리가 났겠네.

울었지. 어렸으니까.

당신은? 당신도 울었어? 당신도 어렸잖아?

외삼촌은 대답 없이 차의 속도만 더 올렸다.

답답한 사람.

외숙모는 혀를 차며 조수석 창으로 시선을 돌렸다. 도로 양옆은 여전히 평지였다. 동굴이 있을 만한 산도 계곡도 보이지 않았다.

권 집사 말이, 동굴에 들어서는 순간부터 그냥 눈물이 나더라네. 메아리까지 따라 우니 더 울게 되더라면서.

무슨 일이 있었대?

딱히 무슨 일이 있었던 건 아니고. 그냥…… 머릿속으로 지난 삶이 파노라마처럼 흘러가는데 도저히 견딜 수가 없었다고…….

외숙모가 말끝을 흐렸다. 외삼촌과 외숙모는 정면을 향한 채 잠시 말이 없었다. 차 안에 정적이 흘렀다. 외숙모는 두 손을 들어 양쪽의 관자놀이를 짚고는 가볍게 고개를 흔들었다.

……길이 미끄러워.

외삼촌은 브레이크를 잡는 대신 속력을 줄이며 앞으로 나아갔다. 멀리 주유소 사인이 보였다. 그 아래로 커피 잔이 그려진 간판이 주홍색으로 점멸하고 있었다. 나는 몸을 세우며 창밖을 보았다. 주유소 바로 옆으로 단층의 낡은 카페가 보였다.

좀 쉬었다 가자.

차를 대고 외삼촌이 먼저 내렸다. 외숙모와 내가 뒤이어 내리는데 외삼촌이 화장실 쪽으로 잰걸음을 옮겼다.

암수술 후에 소변을 통 못 참아. 화장실 가는 횟수가 부쩍 늘었어.

외숙모가 코트의 단추를 채우며 시선으로 외삼촌의 뒷모습을 좇았다. 숨을 들이마시자 찬 공기에 코끝이 매웠다. 나는 입을 벌려 숨을 뱉었다. 흰 숨이 허공에 흩어졌다. 발밑으로 언 흙 밟는 소리가 유달리 커서 나는 도둑 걸음으로 외숙모 뒤를 따랐다.

영화에서 보던 흔한 미국식 간이 식당이었다. 손님은 없었다. 배가 고프지는 않았기에 외숙모와 나는 커피를, 외삼촌은 뜨거운 우유를 주문했다. 안쪽 창가 자리에 내가 앉고 맞은편에 외숙모와 외삼촌이 앉았다. 실내는 따뜻했다. 온기에 살짝 늘어진 음악이 낮게 들렸다. 포크송이었는데 멜로디가 익숙했다. 외삼촌은 티스푼으로 우유 위의 막을 걷어낸 후 설탕 두 스푼을 넣고 가만가만히 저었다.

탈지유에 설탕 타 먹던 버릇을 아직도 못 버리고. 몸에 안 좋은데도.

외삼촌은 잔을 들어 우유를 조금 마셨다. 커피 향 위로 우유 비린내가 살짝 얹혔다.

저도 알아요, 그 맛. 겨울 방학 때 외가에 갈 때마다 할머니가 타 주셨어요.

나는 훅 끼친 추억의 향에 입맛을 다셨다. 외삼촌이 스푼 든 손을 다시 설탕 통으로 향했다.

그만 넣어요.

외숙모가 더 빠른 손놀림으로 설탕 통을 가로챘다. 스푼에 걸린 설탕 통이 그대로 테이블 위로 넘어졌고 설탕 알갱이들이 쏟아졌다. 시간이 잠시 얼어붙었다. 외삼촌은 빈 스푼으로 다시 우유를 저었고 나는 손가락으로 테이블 끝의 설탕 알갱이를 바닥으로 조금씩 떨어뜨렸다. 외숙모는 두 손으로 설탕을 쓸어 모아 낡은 재떨이에 털어 넣었다.

고단했던 시절 자꾸 되새김질해봐도 그 맛 안 나요.

나는 살짝 들어 올린 커피 잔에 몸을 숙여 입을 댔다. 커피는 쓰고 뜨거웠다. 외삼촌은 공연히 스푼으로 탁자 위에 빈 그림을 그리고 있었다.

더는 내다볼 삶이 없어서 그래…… 반환점을 돌고 났더니 출발한 원점을 보게 되는 것처럼.

외삼촌의 말은 변호인지 변명인지 헷갈렸다. 외숙모가 몸을 곧추세우며 바로 앉았다. 새우처럼 등을 말고 웅크린 외삼촌과 내가 상대적으로 작게 느껴졌다.

네 외삼촌이 수술에서 깨어나서 제일 먼저 한 소리가 뭔지 아니?

나는 외삼촌의 눈치를 살핀 후 외숙모를 보았다.

일요일인데 한국에 전화를 안 하면 동생들이 걱정한다고. 오늘 큰 여동생이랑 막내한테 전화 넣는 날이라고. 기다리고 있을 거라고.

나는 고개를 끄덕였다. 외삼촌은 창문 밖으로 점멸하는 주유소 사인을 보고 있었다.

조카도 이제 다 컸으니 하는 말이지만. 30년이 지나도 이러니 그때는 내가 오죽했겠어? 나도 알아. 한국에서 외삼촌이랑 나를 어떻게 생각하는지.

애 앞에서 쓸데없이.

외삼촌이 외숙모만 들으라는 듯 말했지만 내게도 다 들렸다. 누군가 출입문을 열고 들어왔다. 들이친 냉기에 실내가 갑자기 서늘해졌다. 셋은 식은 잔을 앞에 두고 말이 없었다.

외삼촌의 큰 여동생이자 나의 엄마인, 이영선 씨가 이 자리에 있었다면 이렇게 말했을 것이다. 오빠, 우리는 다 이해합니다.

외삼촌, 우리는 모두 이해합니다. 나는 엄마의 충직한 아바타로서 이렇게 위로의 말을 전해야 했다. 그게 내가 할 말이었다. 하지만 내 입에서 나간 말은 달랐다.

할머니 돌아가셨을 때요…… 우리는 외삼촌을 기다렸어요.

외삼촌과 외숙모의 얼굴엔 별다른 표정 변화가 없었다. 내심 당황한 건 나였고 잘라먹은 앞뒤 말을 바로 붙여 오해의 여지를 없애야 했다. 마땅한 말을 찾느라 정정에 뜸을 들이는데 외숙모가 자리에서 천천히 일어섰다. 외숙모는 탁자를 짚고 선 채로 유리창 너머를 보았다. 별은 사라지고 눈이 올 것처럼 하늘이 무거워 보였다.

……서둘러야겠어.

외숙모가 화장실로 들어가자 외삼촌도 일어섰다.

차에 가 있으마.

외삼촌은 주문서 위에 찻값을 올려놓은 후 느린 걸음으로 카페를 나갔다. 나는 바로 세웠던 몸을 소파에 도로 기대며 언 창을 통해 외삼촌을 바라보았다. 외삼촌은 네모난 창문의 프레임 속에서 걷고 있었다. 멀어지며 점점 작아지는 피사체였다. 말린 어깨와 풍성한 파카 때문인지 외삼촌은 더 작고 동그래 보였다. 낡은 가죽 구두가 추워 보였다. 제 말은, 외삼촌이 보고 싶어서 모두 기다렸단 뜻이었어요. 차로 돌아가 이렇게 말을 바로잡아야지 생각하며 나는 일어섰다. 출입문 앞에서 파카 주머니 깊숙이 손을 찔러 넣었다. 아까부터 반복해 흐르던 포크송이 되살아난 듯 귀에 와 박혔다. 오래된 테이프처럼 늘어진 리듬으로 들리는 건 내 기분 탓인지도 몰랐다.

Country roads, take me home to the place I belong

West Virginia, mountain momma

카페 앞에서 기다렸지만 외숙모는 한참이 지나도록 나오지 않았다. 나는 들어가 보려다 그만두고 주차장 끝에 세워진 차를 향해 천천히 걸었다. 주차장의 스피커로도 카페의 음악이 흐르고 있었다.

차는 내게 등을 돌린 모양으로 세워져 있었다. 나는 뒷좌석으로 가려다 운전석 쪽으로 방향을 틀었다. 주머니에 손을 찔러 넣은 차렷 자세로 운전석 앞에 섰다. 한 팔을 뻗은 정도의 거리였다. 시동은 걸려있지 않았다. 부연 유리창 앵글 속에 작고 마른 외삼촌의 등이 보였다. 외삼촌은 핸들에 포개 올린 손등에 머리를 올린 채 엎드려있었다. 다른 형제들과 달리 유일하게 검은 머리인 줄 알았는데 외삼촌의 정수리 쪽으로 흰 머리카락이 듬성듬성 보였다. 들이쉰 숨에 가슴 밑바닥까지 얼어붙었다. 나는 주머니에서 한 손을 꺼내 차 유리창을 두드리려다 멈췄다. 외삼촌의 등이 얕게 들썩였다. 나는 손을 거둬들이며 한 걸음 뒤로 물러섰다. 흙 부서지는 소리가 났다. 나는 그 자리에 우뚝 섰다. 차를 등지고 서서 나는 보낼 수 있는 가장 먼 곳으로 시선을 보냈다. 사방이 평지로 트여 시선은 끝 간 데 없이 나아갔다. 우리는 버지니아 동굴로 가는 중이었다. 버지니아주 어딘가에 정말 동굴이 있기는 한 걸까. 차에는 내비게이션도 지도도 없다. 낯선 주소와 거기에 동굴이 있을 거라는 믿음 하나뿐이었다.

흑백사진 이야기로 마무리하는 게 좋겠다. 나는 그 사진을 액자에 끼워 작업용 책상 한쪽에 세워두었다. 비슷한 앵글로 같은 장면을 찍은 사진은 온라인에 흔하지만 이 사진은 내가 찍은 거라 의미가 남다르다. 그 비행기는 다시 날지 못하고 항공 박물관에 전시 중이다.

올봄 예정되었던 외삼촌의 첫 한국행은 좌절되었다. 귀향도 요원한 일이 되고 말았다. 팬데믹을 무릅쓰고 오기에는 외삼촌의 건강이 좋지 않았다.

외삼촌을 생각할 때면 나는 자연스레 그 비행기를 떠올린다. 날개를 크게 펴고 바람을 따라 몸을 낮추며 물 위로 미끄러지던 비행기는 무사했다. 외삼촌의 남은 삶도 그러하기를 나는 바란다.

두 장의 사진에 대한 이야기는 여기까지다.

우리는 버지니아 동굴에 가지 못했다.

얼마 전 오랜만에 엄마 대신 외삼촌의 전화를 받았다. 나는 외삼촌에게 물었다.

그 동굴에 다시 가보셨어요?

……아니.

그때의 나였다면 왜요, 라고 되물었을 것이다. 하지만 지금의 나는 더 묻지 않았고 외삼촌은 길게 침묵했다.

나는 보았다. 동굴에서 길을 잃은 채 어린 두 여동생의 손을 꼭 잡고 선 아이를. 우는 동생들 사이에서 제 울음을 삼키며 두려움에 떨었던 한 소년을. 어머니의 부고에 침묵으로 대답할 수밖에 없어 홀로 고독했던 타국의 한 사람을.

누군가를 이해한다는 게 무엇인지, 이제야 나는 어렴풋이 안다. 그러므로 아무 말도 하지 않는다. 그것은 내 몫이 아니기 때문이다.

우리 둘이 손잡고

못을 메운단다. 정말이래. 이번엔 참말이란다.

노모가 늘어놓은 맹탕인 말들 중에서 유일하게 간이 밴 말이었다. 경도 치매로 약을 먹고는 있다 해도 노모의 정신은 리모컨을 손에 든 채 리모컨을 찾는 선보다 못할 것이 없었다.

원이 기다리고 있어요. 금방 갈게요.

노모가 길게 숨을 뱉었다. 한숨은 우물보다 깊었다. 노모는 요즘 들어 부쩍 선의 입에서 원의 이름만 나와도 이내 신산한 얼굴이 되어 한숨부터 쉬었다. 숨이 낙숫물처럼 그 자리에만 떨어져 고인 것도 아닌데 매번 명치를 두드리며 고통을 삭이려는 듯이. 때를 맞추기나 한 듯 2차선의 코너를 돌아오는 흰 세단이 보였다. 뽀얀 펄 화이트 차체로 떨어진 볕이 사금파리처럼 반짝이는 바람에 선은 저도 모르게 미간을 찡그리며 고개를 돌렸다. 바싹 마른 흙먼지가 아스팔트를 구르다 선의 발치에서 훅 솟아올랐다.

오랜만이네. 타.

원이 조수석 창문을 내리며 미러 선글라스를 머리 위로 걷어올렸다. 풍성한 컬 사이에 놓인 선글라스가 흡사 왕관 같았다.

기다리게 해서 삐진 거야? 알잖아, 어렵게 온 거. 너랑 나랑은 처지도 다르고.

원의 말에서 살만 발라내려 했는데도 잔가시까지 완전히 걷어낼 수는 없어서 선은 말을 통째로 삼켜버렸다.

원과 선, 둘은 쌍둥이었다. 쌍둥이였으나 둘의 생년월일시는 달랐다. 태어난 해와 달, 일 모두. 똑같이 나눠 가진 것은 한배에 생겨나 복중 태아로 자라던 열 달뿐이었다. 노모는 지독한 난산 끝에 첫애는 한 해의 마지막 밤에, 둘째는 새해 첫날 아침에 낳았다. 누운 자리에서 겨울 못을 내다보던 노모는 첫째에게는 선, 둘째에게는 원이라는 이름을 붙여주었다. 어른들의 덕담은 새해 첫해의 기운을 받고 태어난 아이에게로 쏠려서 첫애는 삼칠일이 지나도록 엄마 품과 젖을 오롯이 누리지 못했다. 결핍은 성장하고 결혼해서 아이를 낳아 키우는 삶 속에서도 온전한

충만감으로 회복되지 못하고 휘발되어버렸다.

운동화는 챙겼어?

액셀을 밟는 원의 하이힐을 보며 선이 물었다.

아니.

왜?

힐 신고도 잘 걸을 수 있어.

흰색 폴로셔츠를 청바지 속으로 넣어 입은 원의 몸은 꽉 찬 중년인데도 군살 하나 없이 매끈했다.

못 주변이 얼마나 좁은데. 삐끗이라도 하면 어떻게 되는지 몰라 그래?

너야말로 참, 왜 이런 궁상을 떠니.

원이 턱짓으로 선의 발치를 가리켰다. 선이 얼른 두 발을 바깥쪽으로 돌려 모았지만 닳은 뒤축까지 숨길 수는 없었다. 누가 봐도 허름한 운동화였다. 한 번만 더 신고 버려야지 했던 게 벌써 몇 번째였다.

흙길이라 일부러 찾아 신은 거야.

선, 사람들은 신발이야 아무거나 신으면 어떠냐고 하는데 난 달라. 생각을 해봐. 그렇게 축이 무너진 신을 신고 어떻게 몸을 바로 세울 수 있겠어? 몸이 바로 서지 않으면 인생은 또 어떻게 바르게 살겠니. 아무거나 신으면 아무렇게나 살게 되는 거야.

그만해.

생각해서 하는 소리야.

그만하라고 했어.

선이 정색하자 원은 다문 입을 비죽이며 운전에 집중했다.

중형 세단은 굽이가 많은 2차선 도로를 뱀 미끄러지듯이 부드럽게 돌아 나갔다. 차 안은 조용했고 조수석 차창을 통해 들어온 볕으로 알맞게 훈훈했다. 시트에 몸을 묻은 채 차창 밖으로 흘러가는 풍경을 바라보며 선은 이 순간이 꿈이어도 좋겠다는 생각을 했다. 이건 꿈이고 꿈에서 내가 나비가 되어도 나비가 내가 되어도 상관없겠다 싶었다. 산다는 고통과 산다는 기쁨과 산다는 것의 무의미를 구슬로 엮어 제 목에 칼처럼 걸고 형틀 같은 삶 위에서 웃고 우는 게 꿈 같은 벌이어도 벌 같은 생이어도. 그러니 운동화의 무너진 뒤축이 뭐가 그리 중요해서.

선과 원은 같은 해에 결혼해 같은 아파트에 신혼살림을 차렸다. 그리고 약속이나 한 듯 같은 해에 연년생으로 남매를 낳았다. 선과 원의 남편은 한 직장의 동료였고 선은 원의 남편 소개로 남편을 만났다. 원의 남편은 결혼 후 몇 년이 지나 회사를 그만두고 사업을 시작했다. 퇴사를 권한 사람은 원이었다. 쥐구멍에 볕 들 날 기다리느니 모가 되든 도가 되든 저질러 보는 게 최선이라고 원은 말했다. 원은 선의 남편에게도 동업을 제안했지만 선의 강한 반대에 부딪혔고 두 번 다시 권하지 않았다. 원의 사업이 휘청휘청할 때마다 선은 남편이 받아오는 박봉마저도 감사히 여겼다. 나무젓가락처럼 나란하던 둘의 삶은 그때부터 달라졌다.

맞은편에서 내리막을 급커브로 내려오던 덤프트럭이 중앙선을 맞물더니 차선을 넘어왔다. 원이 클랙슨을 누른 채로 핸들을 바깥쪽으로 크게 돌렸고 아슬아슬한 차이로 트럭의 옆을 지나갔다. 룸미러로 트럭이 사라지도록 원은 클랙슨에서 손을 떼지 않았다. 소리가 너무 따가워 선은 손가락으로 왼쪽 귀를 틀어 막았다.

저 미친! 사람 죽일 뻔해 놓고 미안하다는 깜빡이도 안 넣고 가는 거 봐.

트럭도 놀랐겠지.

선은 팔을 창틀에 올리며 손으로 이마를 짚었다.

너는 봐놓고도 그런 말이 나와?

그럴 만한 사정이 있을 수 있잖아. 브레이크나 핸들이 갑자기 말을 안 들을 수도 있고…….

차창 밖에 시선을 둔 채 선은 심드렁하게 대답했다.

선, 너는 그 흐물흐물한 게 문제야. 매사에 강단이 없잖아. 그러니까 사는 거도 늘 고만고만하다 못해 고달픈 거야. 느이 신랑만 해도 그때 같이 시작했으면 훨씬.

내가 그만하라고 했어.

선이 원의 말허리를 끊었다.

그리고 형부라고 불러. 형부한테 느이 신랑이라니? 쌍둥이라 억울한 건 알겠는데 어쨌든 내가 먼저 났고, 나는 네 언니고, 내 남편은 네 형부야. 느이 신랑이 아니고.

하나 마나 한 말이었지만 농담이 아닌 이상 들어 넘길 수도 없었다. 원은 액셀을 밟아 속력을 올리는 것으로 못마땅한 기색을 드러냈다. 선조차도 이제껏 살면서 원이 언니라고 부르는 걸 들어 본 적이 없었다. 노모나 다른 가족들 앞에서는 호칭 없이 넘어가다 보니 선이 느끼는 그 불쾌감을 누구도 쉽게 알아채지 못했다.

시골집에 도착하도록 둘은 말이 없었다. 내려. 마을 초입 공터에 차를 댄 원이 시동을 끄며 냉랭하게 뱉은 말이 전부였다.

노모의 집은 마을에서도 안쪽으로 외따로 들어앉은 집이었다. 10여 호의 집들이 아래편에 무리를 지어있는 데 반해 노모의 집은 긴 꼬리 같은 좁은 길 끝에 마침표로 찍혀있었다. 못은 그 사이에 있었다. 완만한 경사면의 논과 논 사이, 곡선으로 흐르던 두렁이 꽃잎이 말리듯 모여든 자리였다. 한눈에 보기에도 못은 아담한 크기로 교실보다 살짝 큰 정도였고 원형에 가까웠다. 못을 둘러 두렁을 따라 걸으면 더 빨리 집으로 갈 수 있었지만 선은 자리에 선 채 지름길을 눈으로만 좇았다. 한 손에 클러치백을 든 원이 고른 자리를 골라 디디며 마을 길을 따라 앞장서 걸었다. 좁은 시골길에 울리는 생경한 구두 소리에 누군가는 내다볼 만한 데도 기척은 어디에도 없었다. 개 한 마리가 대구를 맞추듯 몇 번 따라 짖었을 뿐이었다. 선은 원의 발자국과 발소리를 지우듯 몇 걸음 뒤에서 겹쳐 걸었다. 역광이라 그림자마저 포개져 길에는 선의 그림자뿐이었다.

아가, 아가 왔니?

노모가 마루턱에 앉아 허공으로 손을 휘저었다. 바람에 뒤척이는 나뭇가지처럼 노모의 팔과 손이 맥없이 흔들렸다. 노모의 집은 옛집으로 마당보다 한 단 높게 올려 지어서 마루에 나와 앉으면 담장 너머 논과 못이 훤히 내다보였다. 일자형 남향집이라 볕까지 잘 들어 노모는 거의 하루의 반을 마루에 나와 지냈다.

선이 곁에 앉자마자 노모는 자신의 두 손 사이에 선의 손 하나를 끼워 넣고는 온기를 불어넣듯 삭삭 소리가 나게 비벼댔다. 노모의 주름진 얼굴에 든 볕 때문에 팬 주름이 더 깊어 보였다. 원은 바짓단을 탁탁 털어내고는 마루 기둥을 사이에 두고 걸터

앉았다.

온다고 밥 해뒀는데. 아가, 밥 차려줄까. 너 좋아하는 동치미도 있는데.

엄마, 밥때 지났어요. 먹고 돌아서서 바로 또 먹으면 엄마 진짜 노망난 거야.

선이 나무라듯 원을 향해 손을 내저었다.

저 못을 기어이 메운다니 어쩌면 좋으냐?

원의 타박을 듣지 못했는지 노모는 노여움 없이 말을 돌렸다.

선은 가을걷이가 끝나 빈 논들 사이에서 가을 가뭄으로 서서히 말라가는 못을 바라보았다. 물이 더 비기를 기다렸다가 땅 주인은 못을 메워버릴 것이다. 새 땅 주인은 아버지에게 땅을 물려받으면 바로 못을 메우고 펜션을 지을 거라고 몇 년 전부터 공언해 왔었다. 자기 땅 자기 마음대로 하겠다는데 말릴 사람은 없었다. 옛날처럼 논에 물 대기가 어려운 시절도 아니었다. 흙색이 짙어 못 속과 그 깊이를 가늠하기가 어려웠다. 장마가 지나가고 물이 차고 넘칠 때 뛰어들었던 몇몇 사람 중 돌아오지 못한 이가 있다는 흉흉한 소문도 몇 년에 한 번씩 돌았다. 그런 해에는 이상하게 수련이 더 많이 피었다.

못이 없어지면 다 사라질 테고. 사라지면 다 잊어야 하는데…… 그럼 어쩌면 좋으니?

선은 노모의 마른 어깨에 손을 올리고는 다른 손으로는 못을 가리켰다.

엄마, 저기에 못이 있다 생각하면 돼요. 그럼 돼요.

오도카니 앉아있던 노모가 앉은 자리에서 몸을 틀어 두 손으로 선의 뺨을 감싸 쥐었다. 그리고 선의 두 눈이 못이라도 되는 듯이 번갈아 가며 들여다보았다.

불쌍한 것.

노모가 선의 두 뺨을 마른 손으로 훑어 내리며 알 수 없는 소리를 했다.

어쩌면 말이다. 집 어디에 못에서 찍은 사진이 남아있을지도 모르는데.

사진은 없어요. 아주 오래전에 엄마가 찢어서 아궁이에 던져 넣었어요.

내가? 왜?

노모가 놀라 물었다. 선은 고개를 내저으며 대답했다.

모르겠어요.

사진이야 다시 찍으면 되지. 엄마, 내가 아주 근사하게 다시 찍어줄 테니 속상해 마요.

원이 기둥 옆으로 고개만 쏙 내밀며 말했다. 노모의 자리에서는 선에 가려 원의 얼굴이 보이지 않았다. 노모는 선의 손등을 토닥이며 고맙다고 말했다.

엄마, 내 말이 아니고…….

됐어. 누가 한 말이면 어때? 어차피 너 아니면 난데.

원이 일어서서는 못을 바라보는데 시선이 더 먼 곳을 향한 듯 망연해 보였다. 볕에 눈이 부셔 실눈을 뜬 탓일지도 몰랐다.

둘이 고사리손을 꼭 잡고 저 못을 도는 모습이 참 보기 좋았더랬어.

노모가 한 손으로 무릎을 짚으며 옆 걸음으로 댓돌을 내려갔다. 부축하려 뻗은 선의 손을 노모는 사양하듯 밀어내고는 보폭이 좁은 느린 걸음으로 못을 향해 걸었다. 선은 서리 내린 듯 하얗게 변한 노모의 정수리를 심란한 마음으로 바라보았다. 어젯밤에 부랴부랴 밀린 숙제하듯 새치 염색을 하지 않았다면 선의 정수리도 그 못지않았을 것이었다. 하룻밤 사이에 머리카락이 하얗게 세어버렸다는 거짓말 같은 이야기를 선은 제 몸으로 겪어 알았다. 무쇠 천장 같은 하늘이 한 뼘씩 내려앉기 시작하는 그 밤을 머리에 이고 버티느라 갖은 용을 다 써버린 선이 다음날 아침 거울을 들여다봤을 때 천년을 산 사람처럼 선의 머리는 백발이 되어있었다.

원과 원의 남편의 선택은 탁월했고 적절했다. 수완과 능력을 인정받으며 사업은 단시간에 궤도에 올라섰고 매출 실적은 해가 거듭될수록 올라갔다. 그때까지만 해도 선과 선의 남편은 동업 제안을 거절한 자신들의 선택을 후회하지 않았다. 풍선처럼 가볍게 떠올랐다가 납덩이처럼 가라앉아 버리는 게 사업이었다. 더디지만 월급도 오르고 있었고 한계는 있겠지만 승진도 하면 먹고사는 걱정 없이 애 둘 대학 교육까지는 가능하다고 판단했다. 적지만 연금도 있으니 큰 병만 없다면 부부의 노후는 크게 걱정하지 않아도 될 터였다. 하지만 비등했던 삶의 추가 어느 순간부터 원에게로 완전히 기울어 다시는 자신에게로 추의 무게 중심이 넘어오지 않을 거라는 걸 선은 알게 되었다. 뒤늦게 직장을 그만두고 사업을 벌인 남편의 사업이 3년도 못 가 거액의 빚만 남긴 채 폐업 신고를 한 후였다. 빚을 갚기 위해 신혼 때부터 줄곧 살았던 아파트를 팔고 현금을 탈탈 털고도 부족해 사채까지 써야 했다.

선은 사람은 평생 쓸 정량의 희로애락을 갖고 태어난다고 믿었다. 선과 원은 쌍둥이였으므로 기쁨도 노여움도 슬픔도 즐거움도 똑같이 나눠 가져야 했다. 하지만 똑같이 나눠 가진 것은 모태뿐이었다. 운명인지 우연인지 빈껍데기는 늘 선의 차지였다. 선의 남편이 공사 현장에서 야간 경비로, 선이 동네 마트에서 캐셔로 번 돈은 빚은커녕 사채이자를 갚기에도 버거웠다. 결국 대학에 다니던 두 아이까지 주저앉히듯 휴학을 시켜야 했다.

둘째 아이가 쫓기듯 간 군대에서 적응을 못해 탈영을 하고 생사를 알 수 없어 머리가 하얗게 세어 가던 그 밤에 선은 얄궂게도 원을 원망했다.

집 앞 비탈길을 내려온 노모는 못으로 이어지는 논두렁 위로 올라섰다. 좀 전에 선과 원이 걸어왔던 마을 길이 왼쪽으로 내다보였다. 노모를 따라가며 힐끗 돌아보니 원이 붉은 힐을 신고도 마른자리를 골라 디디며 곧잘 따라오고 있었다. 원은 어려서부터 붉은색을 좋아했다. 아버지가 장에서 사다 준 붉은 샌들을 발이 커지도록 접어 신으면서까지 좋아했다. 마루에서 내려다보는 못은 직선처럼 납작했지만 가까이 갈수록 끝과 끝이 이어지며 서서히 원형을 회복했다. 철 지난 털신을 신고도 노모는 용케 못 가장자리에 올라섰다. 가장자리는 두어 사람이 나란히 걸을 수 있는 정도로 폭이 좁아서 자칫 못 안쪽으로 미끄러지기 쉬웠다.

아가…… 아가…… 어쩌면 좋으냐…….

노모는 못가의 버드나무 아래 쪼그려 앉자마자 혼잣말을 내뱉었다. 혼잣말은 곡소리처럼 처량했다. 바람이 불 때마다 늘어진 버드나무 줄기 몇 개가 물 위를 쓸며 이리저리 흔들렸다. 노모는 나무줄기 하나를 생사의 고리처럼 붙잡아 당겼다.

이 못은 변한 게 하나도 없네. 옛날 그대로야.

원이 눈썹 위로 손차양을 하며 못을 찬찬히 훑었다. 무감한 얼굴이었지만 미간을 좁힐 때마다 비감한 기색이 스쳤다. 손을 거두던 원이 제 손바닥을 들여다보며 중얼거렸다.

이상하다. 안 보이네…….

선은 원의 손바닥 위에 접시 포개듯이 오른 손바닥을 올려놓았다. 원이 선의 손끝을 잡고 손바닥을 가까이 들여다보았다.

왜 이 흉터가 너한테 있는 거야?

못에 찔린 사람은 나니까. 네가 아니고.

선은 노모를 돌아보았다. 노모는 한 손으로 가슴을 짚고 허공과 눈을 맞추듯 불안한 시선으로 못을 바라보고 있었다. 선은 노모에게까지 닿지 않도록 목소리를 낮춰 말했다.

기억 안 나? 네가 밀었잖아.

원은 선의 손바닥 한가운데 점처럼 생긴 흉터를 엄지로 가만히 문질렀다. 지워지나 확인이라도 하려는 듯이.

……내가?

믿을 수 없다는 듯 원이 되물었다.

뒤꼍에서 노는데 네가 갑자기 밀었잖아. 넘어지면서 장작으로 갖다 놓은 폐합판을 짚었는데 거기에 못이 박혀있었어. 못이 손등을 완전히 뚫고 나왔는데도 너무 놀라서 울지도 못했던 기억이 지금도 생생해.

정말?

그래. 파상풍으로 죽다 살아난 건 나야.

원이 선의 손을 잡은 채 고개를 들어 눈을 맞췄다. 원과 선의 실루엣이 데칼코마니처럼 포개졌다.

그래서…… 나는 아직도 이 손을 다 못 펴.

선은 보란 듯이 두 손을 내보였고 확실히 오른손에 비해 왼손이 덜 핀 고사리순처럼 손끝부터 말려있었다.

이게 다…… 때문이야.

선의 다문 입술이 보일 듯 말 듯 달싹였다. 입술 새로 말 하나가 뭉개졌다.

둘이 손잡고 못을 돌 때면 그 모습이 그렇게 보기 좋을 수 없었느니라.

노모는 길을 일러주듯 마른 팔을 들어 못을 가리켰다. 그리고는 소맷단을 당겨 눈가를 찍어 눌렀다.

한쪽에만 있는 속쌍꺼풀, 날렵한 콧대에 비해 둥근 콧방울, 짙은 귀밑머리 아래 드러난 얇은 턱선에 유달리 흰 피부 때문에 두드러진 눈 밑의 작은 주근깨까지 둘은 판박이였다. 둘은 제 얼굴인 양 서로의 얼굴을 물끄러미 바라보았다.

걷자.

원이 선의 손을 잡아끌며 앞서 걸었다. 바로 옆으로 마른 못이 내려다보였고 나란히 걷다가 한 발이라도 헛디디면 손 쓸 새 없이 못으로 빠질 만큼 좁았다.

둘이 살짝 손잡고…… 오른쪽으로 돌아요.

원이 낮게 흥얼거렸다. 높낮이가 불분명한 느린 목소리에서 스산함이 묻어났다.

둘이 살짝 손잡고…… 왼쪽으로 돌아요.

흥얼거림은 노래보다는 주문에 가까웠고 선은 서늘해진 뒷목을 손으로 쓸어내렸다. 어느새 바람은 멎어있었고 오후의 볕은 못 위로 길게 몸을 뉘었다. 노모는 주저앉은 자리에서 두 손을 가슴 앞에서 모은 채 고개를 조아리고 있었다. 마른 입술이 달싹일 때마다 노모는 손바닥을 더 부지런히 비볐고 그만큼 읍소는 간절해 보였다.

너무 늙어버렸어.

너 때문이야.

선의 대답에 원이 미간을 바짝 좁히며 못마땅한 표정을 지었다.

엄마가 자식이 하나인 것마냥 아가 아가 하며 걱정하는 건 너잖아.

섣달 그믐밤에 태어나 사는 것까지 끝물이니 그런 거겠지. 팔자든 운명이든.

말 같지도 않은 소리. 진자리 없는 인생이 어딨다고.

선은 몇 걸음 뒤에서 따라 걸으며 원의 붉은 힐이 내딛는 자리를 눈으로 좇았다. 흙 위에는 지나간 흔적이 없었다. 고된 삶이 온몸을 짓눌러 걸음까지 무거워진 건 선뿐인지도 몰랐다. 선은 걸음을 멈추고 돌아서 제 발자국 하나를 문질러 지워버렸다. 부질없는 짓인 줄 알면서도.

제부랑은 어때?

선이 물었다.

뭐가?

애들 봐서? 돈 때문에? 그것도 아니면.

중학교에 들어가며 미국으로 유학을 떠난 원의 두 아이는 명문대에 나란히 진학해 엘리트 코스를 밟고 있었다. 대학 합격 후 며칠 귀국했을 때 노모의 집에서 잠깐 본 게 마지막이었으니 벌써 몇 년 전이었다. 큰 나라에서 커서 그런지 원의 아이들은 훌쩍 자라 있었다. 선은 자신의 아이들에게 날개를 달아주지 못했다는 자격지심에 내내 마음이 불편했다.

대체 무슨 소릴 하는 거야?

원이 돌아서며 물었다. 선은 원의 머리 위에 올려진 선글라스에 비친 두 얼굴을 보았다. 선, 자신이었다. 렌즈 속 선의 얼굴은 무채색으로 무표정했다. 좁은 어깨가 렌즈 속에서 더 작게 말려있어 주눅 든 작은 아이 같아 보였다. 선은 부러 어깨를 펴며 몸을 부풀렸다.

제부가 한눈판다며? 골프장 멤버들 중 하나인 거 같다고 네가 그랬잖아.

원이 헛웃음을 터뜨리다가 이내 정색했다.

말조심해. 그건 골프에 한눈판다는 말이었어. 우리 남편은 그런 사람 아냐.

그런 사람? 그런 사람이 누군데? 네 형부?

뾰족해진 선의 말끝에 찔린 사람처럼 원이 화들짝 한 걸음 뒤로 물러나며 혀를 찼다.

말 꼬아서 듣지 마. 그런 뜻 아냐.

바람까지 피우니 한심하단 거잖아.

바람? 네 남편 바람났어?

원이 흰자위가 보일 정도로 눈을 크게 뜨고 되물었다.

집까지 빚으로 넘기고 하루 벌어 하루 먹고살면서 어떻게 그래? 안 하던 캐셔 일까지 하느라 와이프 손끝 쩍쩍 갈라진 것도 모르고 사람이 염치도 없이.

이게 다 너 때문이야.

선은 답을 구한 사람처럼 확고하게 말했다. 시선은 못을 향하고 있었다.

너는 말끝마다 다 나 때문이라고 하는구나.

난 내 몫의 운까지 다 빼앗겼어.

한배에서 태어나기는 했어도 우린 달라. 누가 뭘 빼앗아.

원이 기가 찬다는 듯 고개를 틀며 헛웃음을 지었다.

내가 그때 못에 찔리지만 않았어도. 네가 나를 합판 더미로 떠밀지만 않았어도. 지금 내 인생은 달라졌을지도 몰라.

선, 잊었어? 진짜 민 건 너잖아.

내가?

영문을 모르겠다는 듯이 고개를 갸웃하던 선의 표정이 순간 돌변하며 싸늘해졌다.

어떻게?

선이 한 걸음 앞으로 나왔다.

이렇게?

그리고 두 손으로 원의 양어깨를 툭 쳤다. 원의 몸이 휘청하며 못 가까이 밀려났다.

하지 마.

맞아. 그날도 우리는 손을 잡고 걸었어. 엄마가 좋아하니까. 같이 노래도 불렀어. 둘이 살짝 손잡고 오른쪽으로 돌아요.

흥얼거리던 선이 다시 원의 어깨를 쳤고 붉은 힐이 못 안쪽 비탈에 박히며 원의 상체가 뒤로 젖혀졌다.

둘이 살짝 손잡고 왼쪽으로 돌아요…… 잡은 손을 풀었을 때 나는 우리의 손바닥을 봤어. 두 손은 모두 하얗고 작았지만 못 자국은 한 손에만 있었고 아직 흉터가 되지 못한 붉은 상처였어. 그 순간 나는 화가 치밀었어. 사람들은 내 탓으로만 여겼으니까. 내가 운이 지독히 나빠 다친 거라고 했으니까.

선이 다시 한 걸음 앞으로 나왔다. 원이 못의 비탈에 위태롭게 선 채 겁에 질린 얼굴로 뒤를 돌아 못을 보았다. 물이 많이 줄었다 해도 사람 하나 충분히 재울 수 있는 깊이였다.

선, 이러다 미끄러지겠어.

원이 허리를 접으며 한 손으로 잡풀을 움켜쥐고 다른 한 손을 선을 향해 길게 뻗었다. 원의 어깨 너머 짙푸른 못이 배경 화면처럼 흘렀다. 선은 팔을 뻗었다. 원이 선의 손을 잡으려는 순간 둘의 눈이 겹치듯 마주치며 선과 원의 그림자가 하나로 포개졌다. 둘이 하나였던 태초, 하나의 배아 속에서 둘은 같은 꿈을 꾸었을 것이다. 생으로 파종되기 전이었으니 꿈은 무릇 충만했을 것이다. 순금 같은 생을 꿈꿨다. 그러나 삶은 난전처럼 어지러웠고 파시처럼 어수선했다. 선은 나사를 조이듯 못 비탈로 반 발짝 반 발짝 걸음을 옮겼다. 입안이 바짝바짝 말랐다. 운동화의 기운 뒤축에 몸이 바깥쪽으로 쏠려 선은 순간 비틀거렸다. 못은 잔물결 없이 고요했다.

선!

선이 한 발을 내밀며 남은 발끝에 힘을 모았다. 못을 향해 몸을 던지려는 순간 뒤에서 누군가 선의 허리를 강하게 잡아채며 당겨 안았다. 무게중심을 잃은 몸이 고꾸라지듯 앞으로 크게 쏠렸다가 반동에 의해 다시 뒤로 젖혀지며 선은 그 자리에 나뒹굴고 말았다. 선의 허리 위로 작고 마른 두 손이 단단히 깍지를 끼고 있었다. 겨울 외벽 같은 손등 위에서 푸른 실핏줄이 파르르 떨렸다.

원……?

선이 중얼거렸다. 시선이 갈피를 못 잡고 이리저리 흔들렸다.

아가…… 아가…….

선이 노모의 손을 그러쥐었다. 두 사람의 양 손가락이 잔뿌리처럼 단단히 얽혔다. 선의 몸이 맥없이 노모의 품으로 무너져 내렸다.

그래, 그래. 아가야…….

노모가 치마폭에 숨기듯 선을 뒤에서 꼭 감싸 안았다.

원이! 원이!

선이 갑자기 두 발로 흙바닥을 밀어내며 몸부림을 치자 노모가 용을 쓰며 버텼다. 선이 손으로 못을 가리키며 말했다.

못, 못에 빠졌어요, 원이가.

발버둥 치는 선을 더 깊숙이 당겨 안으며 노모는 한 손으로는 선의 이마를, 다른 한 손으로는 선의 왼쪽 쇄골 위를 짚어 눌렀다. 그리고 선의 정수리에 자신의 이마를 갖다 대고는 아직 덜 닫힌 아가의 천문을 향해 천천히 속삭였다.

그냥 두렴. 아가.

토닥토닥. 노모가 어르듯 선의 가슴께를 두드려주었다.

그냥 두면 원이 죽어요.

선의 절박한 말끝을 받아 식히듯 노모의 말은 냉정했다.

죽게 두렴.

산화된 슬픔까지도 초월한 말투였다.

그래야 네가 살아…… 손을 놓아.

노모가 자신의 손을 그러쥔 선의 한 손을 어루만졌다. 선은 손끝에 힘을 주며 버텼다.

나는 밀지 않았어요 정말이에요, 엄마.

노모가 핏기 없는 입술을 선의 이마에 갖다 댔다. 쉰 머리칼 몇 가닥이 귀 옆으로 흘렀다.

손이 아파서…… 원이 손을 잡을 수가 없었어요. 보세요.

선은 깍지 낀 손을 풀어 빈 두 손을 내보였다. 그 안에 담긴 건 상처와 제 진심뿐이라는 듯 손바닥은 하늘을 향하고 있었다. 노모는 선의 두 손을 거두어 제 손안에 담았다. 처음 기도를 배우는 아이의 손을 바로 잡아주듯 손길은 부드러웠다. 두 사람의 손과 손이 포개졌다. 모녀의 합장한 네 손이 불자의 마지막 고두례처럼 간절했다. 옅은 바람 위로 길게 누웠던 오후의 볕이 산허리를 따라 뉘엿뉘엿 넘어가며 붉은 생채기를 남겼고 열상을 입은 풍경은 어둠 속으로 숨어들었다. 풍경 속에 남은 건 어둠의 실루엣뿐이었다.

아가…… 그건 아주 오래전 일이야.

쉬-이. 노모의 얇은 입술 사이로 멀리 썰물 빠지는 소리가 새어 나왔다. 풍경 위로 쉬-이 소리만이 자장가처럼 흘렀다.

쉬-이. 네 잘못이 아니야. 그건 운명이야.

못에 빠진 사람이 원이 아니라 나였다면…… 내가 죽고 원이 살았다면, 원이는…… 잘 살았을 거야. 지금 나처럼 살지는 않았을 거야. 우린 다른 운을 가졌으니까, 그래서 나는 결코 원이처럼 될 수 없는 거예요. 원이가 다 가져가 버렸으니까.

원이는 죽었어. 없는 사람을 왜 원망하니. 여기 있는 건 아가, 바로 너야. 쉬-이.

선이 손으로 바닥을 밀어내며 천천히 상체를 일으켰다. 시선이 산란한 빛처럼 흩어졌다. 노모는 선의 등을 가만가만 쓸어주었다. 무너진 어깨와 구부정한 등에 얹힌 고단한 삶을 덜어주려는 듯. 선의 어깨가 조금씩 들썩였다. 눈가를 훑는 손등에 물기가 묻어났지만 노모는 모른 체했다. 쉬-이, 쉬-이.

곧 못을 메운단다. 이번엔 참말이라는 구나.

원이 기다려요. 곧 가요.

전화기 너머 노모의 깊은 한숨이 들렸다. 선은 헤어 나올 수 없는 아득한 마음으로 한숨이 가라앉기를 기다렸다.

어디니?

노모가 물었다.

원이네 동네 버스 정류장. 엄마, 아직 여기 안 와봤지? 집집마다 차고도 따로 있고 집 앞뒤로 마당이 딸린 아주 근사한 동네예요. 이런 데서 살고…… 원이는 복도 많아요. 엄마. 뭘 해도 잘되는 사람이 있잖아요. 원이가 꼭 그런 사람 같아요.

간이 의자에 앉아 선은 발치를 내려다보았다. 운동화의 뒤축이 표 나게 닳아있었다. 제자리뛰기만으로도 생은 닳는구나. 선은 고개를 들어 자신이 지나왔을 길을 내다보았다. 한적한 시외도로였다. 인적도 없고 오가는 차도 보이지 않아 황량한 세트장 같은 곳이었다. 그곳에 일인극의 주인공처럼 선 혼자 동그마니 앉아있었다.

올 때가 됐는데…….

선은 왼손바닥의 흉터를 오른손 검지로 가만히 문질러보았다.

엄지, 검지, 중지, 약지, 소지. 선은 왼손의 다섯 손가락을 차례대로 호명하며 하나씩 안으로 접어 상처를 덮었다. 말아쥔 주먹은 성글었다. 성근 주먹으로는 아무리 애를 써도 잡아낼 수 없는 것들이 있고 잡지 않으려 해도 부지기수로 쥐어지는 것들도 있다. 그것들은 온전히 갖지 못해 괴로웠고 오로지 제 차지여서 괴로웠다. 선은 명치를 누르며 긴 한숨을 쉬었다.

아가, 선아.

네, 엄마.

거기 있으렴. 곧 데리러 갈 거야.

선이 대답 대신 고개를 끄덕이는데 코너를 돌아오는 흰 세단이 보였다. 아스팔트 위로 아지랑이가 일어 긴가민가 싶기도 했지만 선은 주저 없이 일어섰다. 그리고 세단을 향해 손을 들어 보였다.

엄마, 저기 원이 오고 있어요.

노모가 흐느끼기 시작했다.

작가의 말

매일 밤 자정 즈음 시르시아사나를 합니다
우리말로 물구나무서기입니다
요가 매트에 무릎을 꿇고 앉습니다
양 팔꿈치를 어깨너비로 바닥에 대고
깍지 낀 두 손이 뒤통수를 감싸도록 머리를 집어넣습니다
무릎을 세우며 모은 두 발을 천천히 위로 끌어 올립니다
발끝이 허공을 딛습니다
거꾸로 서서 무슨 생각을 하겠어요
잡념은 바람 같아서 나를 흔들기만 하는걸요
흔들리며 버티는 거죠

대부분의 시간에 책을 읽고 글을 씁니다
소설을 쓰는데 남는 것보다 버리는 게 더 많습니다.
벼릴 것은 마음인데 공연히 노란색 스테들러 연필만 깎습니다
연필이 몽땅해질 동안 살아남은 문장들이 이야기가 되었습니다
그렇게 모인 일곱 편의 소설이 두 번째 책으로 묶입니다
무쓸모한 존재가 되지 않아 저도 소설도 다행입니다 휴

새 연필을 사러 나가야겠습니다

오늘 밤
시르시아사나로 지구와 머리를 맞대고 있는 이가
저 혼자만은 아니었으면 좋겠습니다

Om Shanti Shanti Shanti

해설

사랑과 우정 사이 어딘가의 인연들

허희(문학 평론가)

0. 수련하는 마음

상처와 치유는 거의 모든 서사에 적용될 수 있는 키워드이지만, 강이라의 첫 번째 소설집 『볼리비아 우표』(2018)를 관통하는 주제로 마침맞다. 그녀는 표제작을 포함한 여덟 편의 단편에서 상처와 결부되는 고통과 슬픔의 감정, 이를 감내하는 과정과 거기에 얼핏 비치는 회복의 기미를 병치혼합된 점묘화처럼 그려낸다. 이는 자기 안에서 외부로 향하는 문을 스스로 잠가버린 정서적 유폐와는 거리가 멀다. 강이라의 소설은 세대론적이고(「쥐」), 젠더적이며(「스위치」), 역사적 맥락(「오키나와 데이트」) 등을 내재화하는 까닭이다. 이러한 점에서 그녀를 자아와 세계가 일으키는 갈등의 균형점을 절묘하게 포착하는 작품을 쓰는 소설가라고 볼 수 있으리라. 충분히 다채롭되 서로 호환하는 주제의 소설들이 말해준다. 강이라의 소설적 성취가 완벽하다는 뜻이 아니다. 그녀의 잠재성을 염두에 두고 이렇게 말할 수 있을 따름이다. 되풀이하건대 『볼리비아 우표』는 강이라의 첫 번째 소설집일 뿐이고, 보다시피 그녀는 앞으로 계속 나아가려는 작가이다. 자아와 세계가 일으키는 갈등의 균형점을 절묘하게 포착하는 작품을 쓰는 소설가로서의 면모는 강이라가 요가 강사로도 활동한다는 사실과도 맞닿는다.

소설하고 요가는 공통점이 있습니다. 끝이 없어요. 완성이 없습니다. 요가는 몸과 마음의 일치입니다. 마음이 부드러워야지 몸에서 유연함이 생기고, 몸이 부드러워야지 마음과 정신이 맑아져요. 요가에서는 '아사나' 동작보다 마음 수련을 더 높게, 크게 멀리 봅니다. 요가는 운동이 아니에요. 수련이에요. …… 소설도 기본적인 토대가 잘 잡혀야지 완성이 되는 것처럼 요가가 그래요. 항상 바닥에 닿는 내 손, 내 발, 내 눈, 내 이마, 토대가 바닥을 안정적으로 지탱하지 않으면 동작이 완성될 수 없어요. 소설도 똑같은 것 같습니다. 내 바탕에 이 지면에 붙이고 있는 신체 일부분이 안정되지 않으면 그 위에서 그것들을 믿고 서 있는 모든 것이 흔들릴 수밖에 없죠. 그런 에너지들을 잘 활용하려면 소설도 요가처럼 토대를 잘 마련해보는 것이 중요한 것 같습니다. 아직도 저는 흔들리고 있지만요.[1]

끝이 없기에 완성도 없는, 그래서 끊임없이 심신의 조화를 모색하는 수련을 그녀는 요가와 소설로서 행한다. 요가에서 소설적인 것을, 소설에서 요가적인 것을 일부러 찾지 않아도 강이라의 소설에는 그러한 분위기가 감지된다. 그것을 자아와 세계가 일으키는 갈등의 균형점으로 언급했으나, 화해의 균형점으로 바꾸어 받아들여도 무방할 듯하다. 전술한 대로 그녀의 소설은 상처와 치유를 아우르기에 그러하다. 때로 어느 한쪽에 강조점이 찍힐 때가 있다. 그렇지만 소설집을 포괄해보면 전체적인 균형점이 무너지지 않는다. 강이라는 허공에 붕 뜬 이야기가 아닌 현실에 단단히 뿌리내려 "토대가 바닥을 안정적으로 지탱"하는

* 「겨울과 잘 어울리는 소설집, 『볼리비아 우표』 강이라 작가와의 만남」(2019년 1월 15일), 부산에서 책 만드는 이야기: 산지니 출판사 블로그(https://sanzinibook.tistory.com/2709)

작품을 쓴다. 본인이 '온다 리쿠 전작주의자'임을 드러내는 이유도 이와 무관하지 않다. 소설가로서의 출발선을 막 지난 그녀 앞에는 여러 장르들을 횡단하면서도 무게중심을 잃지 않는 온다 리쿠라는 롤모델이 있다. 똑같아질 수 없고 똑같아질 필요도 없지만, 강이라는 온다 리쿠를 전유하여 자신만의 흥미로운 이야기를 만들어낸다. 두 번째 소설집도 마찬가지이다.

1. 연인의 스펙트럼

강이라의 두 번째 소설집에는 2019년부터 2022년까지 발표한 작품들이 실렸다. 코로나19 시기를 통과 중인 이야기가 실려있을 법도 하지만 그녀는 이를 소설화하지 않았다. 여기에 소설에 관한 강이라의 염결성이 드러난다. 코로나19가 전 세계를 팬데믹 체제로 전환시킨 거대한 사건이기는 하나, 이것을 소설로 전면화한다고 할 때 아무래도 소재주의의 함정에 빠지기 쉽다. 현상을 겉핥기하지 않고, 현상의 내부로 침투하는 소설을 쓰고 싶어 하는 그녀로서는 피하고 싶은 선택지였을 터이다. 강이라는 뉴스에 연일 보도되는 방식으로 나이브해진 이슈가 아니라, 뉴스에 등장하지 않지만 각자의 삶에서 중대한 국면으로 기억될 만한 순간을 붙잡아낸다. 소설집에 수록된 일곱 편의 작품을 분류하면 이는 대략 세 가지 관계의 경향성으로 묶을 수 있다. 연인(「웰컴, 문래」, 「수국은 거짓말을 하지 않아」), 친구(「스노볼」, 「물고기 그라피티」), 가족(「우리의 공갈 젖꼭지 나무」, 「버지니아 동굴로」, 「우리 둘이 손잡고」)의 스펙트럼이다.

연인, 친구, 가족의 스펙트럼이라고 한 연유는 이들 사이의 상호작용이 단일하지 않기 때문이다. 공통항으로 범주화했으나 개별 작품은 독특성을 지닌다. 멀리서 보면 군락을 이루지만 가까이서 보면 저마다 모양과 크기와 색이 다르듯이. 이 같은 점을 염두에 두고 일곱 작품에서 특징적으로 논할 수 있는 연인, 친구, 가족의 스펙트럼을 살펴보려 한다.

먼저 연인의 스펙트럼—「웰컴, 문래」에 착목한다. 이 작품은 제목처럼 서울, 그중에서도 "10여 년 전부터 가난한 예술가들이 하나둘 모여들었"던 문래동을 다룬 테마 소설로 집필되었다. 강이라는 '문래'(나), '와이', '키키' 그리고 '터키'를 주요 인물로 폴리아모리polyamory—독점하지 않는 다자간의 사랑을 둘러싼 내밀한 관계성을 심문한다. 폴리아모리라는 용어 자체가 생소할지도 모르겠다. 폴리아모리는 일부일처제 등 규범화되고 제도화된 현재의 사회적 틀에 반론을 제기하는 사람들이 발명한 사랑의 형태이다. 배타적이지 않은 동시다발적 사랑.

그런데 폴리아모리가 모두에게 통용될 수 있을까? 그렇지 않을 것이다. 영화 〈뉴니스〉(드레이크 도리머스 감독, 2017)에서 다룬 바, 다자간 사랑에 상호 동의한다고 해도 실행 과정에서는 불협화음이 발생하기 마련이다. 구속하지도 구속받지도 않는, 느슨하되 긴밀한 연결이라는 가치를 현실에서 실현하기는 쉽지 않다. 사랑에 있어 일대일 관계를 맺으려는 독점욕과 싸워야 해서다. 2년 전에는 불가능했다. "와이를 사랑하고 키키는 좋아"하는 문래는 그들이 내민 손, 즉 폴리아모리 제안을 거부한 바 있다. 그리고 2년이 지난 후 문래는 와이 키키와 재회한다. 문래가 돌아왔다고 해서 세 사람의 관계가 새삼 달라지는 일은 없을 것이다. 다만 그사이 한 가지가 변했다. 와이와 키키에게 새로운 파트너가 생긴 것. "여러 명을 동시에 사랑하는 이들에 대한. 그리고 소유보다는 공유에 가까운 사랑을 하는 사람들에 대한" 로맨스 소설을 쓰는 터키이다. 자신의 소설처럼 터키는 와이를 사랑하고 키키도 사랑한다. 그리하여 세 사람의 폴리아모리가 유지된다.

문래는 크리스마스를 그들과 함께 보내면서, 세상 사람들이 "미친 연놈이라 부르는" 와이 키키의 부모 이야기를 전해 들으면서, "동시에 여러 마음의 불을 켤 수 있는 병렬식 사람도 있을 테고 한 번에 하나의 마음만 가능한 직렬식 사람도 있지 않겠어?"라는 사랑의 방식에 대해 곰곰 고민한다. 그러면서 와이와 함께 샌프란시스코로 떠나는 결정이 자신이 원하는 사랑의 결실이 아닐 수 있음을 문래는 천천히 깨닫는다. "……좋다. 너희들과 함께 있으니까. 같이 맛있는 것도 먹고. 이렇게 야밤에 걸을 수도 있고." 다 같이 밤 산책에 나서 문래가 말한 대목이 이를 방증한다. 그들의 결속이 영원불멸하지는 않을 테다. 한두 개씩은 깨지고 마는 "유리 눈사람"처럼 속절없이 부서지기도 하리라. 그러나 "우리는 그 모든 가능성을 받아들였을 뿐이고 지금도 같이 지켜보는 중이야"라는 키키의 말을 문래는 부정하지 않는다. 또한 "꼭 무엇이 되어야 하는 것도 아니었고 무엇이 되기로 약속되어진 것도 없으며 기대와 달리 아무것도 아닐 수 있으므로, 문제랄 건 없었다"라는 문래의 성찰에서 짐작할 수 있는 대로 그것이 문제 될 사정은 없다.

이는 손쉬운 낭만적 종결이 아니라 감각의 내적 논리에 기반한 귀결이다. 「웰컴, 문래」에는 문래의 태도가 변화할 수 있는 계기가 곳곳에 배치되어있고, 이를 거쳐 오면서 타인과의 관계를 패턴화하지 않는 마무리를 맺을 수 있었다. 강이라는 폴리아모리의 가부를 논하는 이분법을 벗어나는 소설을 썼다. 그녀는 사랑이란 모름지기 어떠해야 한다는 고정관념을 뒤로하고, 사랑이 통념을 가로질러 어디까지 확장되고 깊어질 수 있는지를 탐

색한다. 「수국은 거짓말을 하지 않아」도 그 연장선에 있다. 액자 구성을 띤 이 소설에는 두 개의 사랑이 등장한다. 하나는 '서늘봄'과 '김현우'(나)의 사랑, 다른 하나는 '우지은'과 페루인 미술 교사와의 사랑이다. 이들의 사랑은 남다르다. 일주일에 몇 번 만나 데이트하는 일반적인 연애의 과정을 따르는 것이 아니기 때문이다. 서늘봄과 김현우는 현재 헤어진 상태이고, 우지은도 미술 교사와의 만남을 반대하는 부모에 의해 그와 물리적으로 떨어져 있다.

이 소설의 겉 이야기에서 김현우와 우지은은 페루 화가 에르네스토 아리수에뇨의 수국 그림 〈꿈의 힘〉을 매개로 한국에서 다시 만난다. 2년 전 페루에서 열린 에르네스토 아리수에뇨 전시회에서 이들은 처음 인사를 나누었다. 재회한 두 사람은 그간 자신들에게 일어난 일들을 공유한다. 이것이 속 이야기이다. 김현우는 서늘봄과 함께 그녀의 할머니인 '서평화'의 집에 방문한 날의 기억을 떠올린다. 혈육은 아니지만 혈육이나 다름없는 조모와 손녀 사이인 두 사람의 집에서 현우는 붉은 수국을 보았다. 이 소설의 제목도 "수국은 거짓말을 못 하는 꽃이래. 땅 성질에 따라 색깔이 변하거든"에서 나온 것이다. 서평화는 미운 사람, 나쁜 사람, 싫은 사람…… 풀이하면 이들로 인하여 쌓인 한을 수국 밑에 묻었다고 고백한다. 서늘봄이 특히 〈꿈의 힘〉을 좋아한 이유도 이와 무관하지 않다. 손녀에게 수국은 곧 솔직하고 당당하게 살아온 할머니를 뜻했으니까.

배추전에 막걸리를 곁들인 초여름의 술자리와 해넘이의 광경도 김현우의 머릿속에 각인되었다. "평야와 하늘이 포개진 사이에서 지평선은 숙련된 미장이의 솜씨처럼 흠 없이 매끈했다. 지평선에 내려앉은 원액의 노을이 시간에 희석되며 넓게 퍼져 나갔다. 해가 지면 달이 뜨는, 하루를 낮과 밤으로 공평하게 나눠 가지는 지평선을 보며 내 손의 하나를 내주면 너머의 다른 내가 다른 하나를 내줄 수도 있겠다는 생각이 들었다. 너머에 여기 이와 같은 세상이 있어 그곳의 내가 지금 나와 비슷한 생각을 하고 있을지도 몰랐다. 너머에서 나와 늘봄은 무얼 하고 있을까. 아직 만나지도 않았을까. 어쩌면 이미 헤어졌을 수도. 아무렴 상관없었다. 중요한 건 지금이었다. 나와 서늘봄, 우리는 연인이고 서로 사랑하고 있으므로 그것으로 나는 충분했다." 이후 두 사람은 작별한다. 하지만 이들의 헤어짐이 마냥 슬프지 않은 데는 인용한 '너머'에 대한 아름다운 서술이 자리한다.

그러므로 "나는…… 사랑의 끝이 반드시 사람과의 끝이라고 생각하지 않아요. 연인으로는 끝나지만 인연으로는 남는 경우도 종종 있어요"라는 김현우의 말도 거짓이 아니리라. 덕분에 이제 막 20대가 된 우지은은 본인의 정신적 성숙에 도움이 될 씨앗을 하나 품게 되었다. 주지하다시피 우지은과 페루인 미술 교사와의 사랑은 장벽이 높다. 예상하건대 그녀는 그 장벽을 넘지 못하거나, 설령 넘었다고 해도 허무하게 사랑의 끝을 마주할 확률이 크다. 그래도 우지은은 상대방을 비난하거나 스스로를 학대하지 않을 것이다. 바닥에 떨어진 "모자를 툭툭 털어 머리에 도로 얹고는 쓱 눌렀"던 모양으로, 그녀는 그때의 추억을 소중히 간직한 채 씩씩하게 나아갈 것이다. 수국처럼 거짓 없이 "너 만나서 나는 참, 좋았어"라고 말하고 "나도 참 좋았어. 진심이야"라고 답하는 연인들의 사랑은 끝났을지언정 영원한 종언일 수 없다. 사랑이 통념을 가로질러 어디까지 확장되고 깊어질 수 있는지를 탐색하면서 강이라는 지극한 이별이 또 다른 사랑일 수 있음을 전한다.

2. 친구의 스펙트럼

연인의 스펙트럼과 친구의 스펙트럼은 겹치는 부분이 있다. 위에서 논한 「웰컴, 문래」, 「수국은 거짓말을 하지 않아」에서도 연인과 친구 사이를 명확하게 구별하기 어렵다. 그러나 나름의 기준을 세워볼 수는 있다. 연인의 스펙트럼에는 사랑의 속성이

보다 뚜렷하게 감지되고, 친구의 스펙트럼에는 우정의 속성이 두드러진다는 점이다. 엄밀하게 따지면 강이라 소설 속 인물들의 관계는 사랑과 우정 사이 어딘가에 위치하겠지만, 「스노볼」은 분명 우정 쪽에 방점이 찍힌 작품이다. 동우의 발언을 들은 형사의 반응을 예로 들 수 있다. "아이는 '우리'라고 했다. 몽당연필로 한 글자 한 글자 눌러쓰듯 '우리'라는 말에는 힘이 실려 있었다. 연대 의식을 넘어선 응집이 느껴졌다." 동우를 비롯해 초등학교 동창생인 건희와 범규는 큰일에 연루되었다. 민호가 스노볼에 머리를 맞아 쓰러져 혼수상태에 빠졌는데 이들은 당시 현장에 다 같이 있었다. 자칫 중범죄로 비화할 수 있는 사건의 진실을 파악하기 위하여 형사는 세 아이에게 연락을 취한다.

추리소설의 형식을 띠고 있기에 독자는 형사에게 감정을 이입해 과연 민호를 해친 범인이 누구인가에 초점을 맞추게 된다. 그러나 이 소설은 동우의 반문을 통하여 범인이 누구인가를 밝히는 데 주력하지 않음을 선언한다. "Who done it? Why done it? 아, 형사들은 오로지 Who, 누가 했는가에만 관심 있죠." 이처럼 이 작품은 누가 그랬는지가 아닌 왜 그랬는지에 집중하는 흐름으로 전개된다. 실마리는 여기저기 흩어져있다. 부모가 해외 출장 등으로 바빠 민호는 늘 외롭다. "민호는 외로운 아이입니다. 고독하단 말이 더 어울릴 정도로요. 민호 부모님은 바쁘다보니 자식에 대한 애정을 물질로밖에 표현 못 했어요. 보셨죠? 민호 방의 스노볼이랑 새 운동화들요. 그 숫자만큼 민호는 혼자 있었던 거예요." 가사 도우미의 증언이다. 형사는 담당 의사로부터 들은 이야기를 겹쳐 떠올린다. 민호가 "타인의 관심과 이해를 바라는 마음이 기저에 깔려있는" 리스트 컷 증후군이 의심된다는 소견이었다.

동우는 형사에게 "민호 부모님은 왔어요?"라고 묻고, "우린 단지, 민호가 눈을 떴을 때 부디 엄마 아빠가 제일 먼저 보이기를 바랄 뿐이죠"라고 덧붙인다. 이로써 거의 모든 단서는 나온 셈이다. 후반부 민호와 형사와의 대화 장면으로 독자는 사건의 진실을 보다 명확히 추론할 수 있게 된다. "스노볼에 남은 지문으로는 범규가 가장 유력하지. 하지만 오른쪽 이마를 맞은 점으로 미루어 봐서는 왼손잡이인 건희에 대한 의심 또한 지울 순 없어. 스노볼의 지문은 조작이 가능하다고 본다면 머리가 좋은 동우의 소행으로도 끼워 맞출 수도 있고. 마지막으로, 너의 자작극일 수도 있지. 그것도 아니면…… 그 모두이거나." 형사는 해당 사건이 외국에 있는 민호의 부모를 당장 귀국시켜 자식에 대한 애정을 불 지피려 한 네 아이의 공모였음을 눈치챘다. 누군가는 부모의 보살핌을 갈구하는 자식의 극단적인 선택이라고 정리할 수도 있겠으나 「스노볼」은 그보다 한 걸음 더 나아간다.

"작고 가벼운 세계. 아이를 둘러싼 지금의 세계는 소리 없이 서서히 팽창하며 한없이 커져서 언젠가 그것마저 막막하고 두려운 날이 올 것이다"라는 구절은 작고 가벼운 세계에 오래 머물 수 없는 아이들의 성장통과 "막막하고 두려운 날"을 견디는 어른의 짐을 지시한다. 이 같은 면과 맞닿아 스노볼은 다층적 의미를 획득한다. 그것은 우선 아이에게 충분한 시간을 내주지 못한 부모의 죄책감을 대변한다. 따라서 민호는 부모의 방치가 실제로 자신을 죽음 가까이 이르게 할 정도로 상처 입혔음을 증명하기 위하여, 부모의 죄책감이 담긴 스노볼로 자기 머리를 내리치는 파괴적인 결단을 한 것이다. 결국 민호는 "아침 식사와 일요일 오후는 가족이 함께하기로 했고 모두 노력 중"이라는 결과를 이끌어내는 데 성공한다. 그러나 이에 형사의 시점이 가미되어, 스노볼은 투명하지만 파괴되기 쉬운 시공간과 유년기 자체를 가리키는 상징물의 함의를 획득한다.

이때 간과하지 말아야 할 점이 있다. 무엇인가 하면 아이가 홀로 성장통을 앓지 않는다는 사실이다. 민호를(옳지 않은 방식으로) 도우려 한 친구들은 이후에도 삶의 과제를 맞닥뜨려 공동으로 길을 찾아낼 것이다. 구세대의 입장에서는 그 길이 이왕이면 바람직한 방향이기를 바라지만 신세대는 그 판단을 당장 내리기 힘들다. 구세대도 신세대가 나아가야 할 길을 명확히 알지 못하는 탓이다. 아이는 또래 친구와 교류하며 제 방식대로 길을 걸어 나간다. 이것은 「물고기 그라피티」에 본격적으로 담겨있다. 열다섯 동갑인 '해나'와 '뱅크시(주희)'가 그 주인공이다. 둘은 "동네 끝의 버려진 터널"에서 그라피티를 한다. 영화 〈뱅크시〉(엘리오 에스파냐 감독, 2020)에 잘 요약되어 있듯이 그라피티는 반反체제 성격을 띠는 예술이다. 바꾸어 말하면 그라피티 예술가들이 현재 상황에 불만을 품는다는 뜻이다. 이들은 무언가 결핍감을 느끼고 그것을 대리 보충할 창구를 찾는다. 보통 사람들이 접근하지 않는 곳에 스며든 해나와 뱅크시도 다르지 않다.

해나는 부모로부터 버림받았다. "5년을 연애하고 14년을 함께 살았던 엄마와 아빠가 더 이상은 같이 살 수 없다고 했다. 능력 있는 아빠와 돈 많은 엄마는 해나의 양육을 서로 미뤘다. 아빠에게는 새로운 여자가 생겼고 엄마에게는 접었던 일이 있었다." 거기에 그치지 않고 부모는 해나의 자존감을 무너뜨린다. "아빠와 엄마는 해나를 늘 진심으로 대했다. 임신인 줄도 몰랐어. 구두 디자이너로 나름 잘나가고 있을 때였거든. 너무 늦게 알았던 거야. 너 때문에, 우리의 5년 연애가 끝나고 말았어. 결혼이란 서스펜스로. 오랜 연애에 지쳐 헤어지기 직전이었는데 말이야. 진실과 진심은 크게 다르지 않았다. 부모는 늘 진실했고 그것은 곧 그들의 진심이었다. 해나는 자신의 진심 또한 누구에게 상처가 될지도 모른다고 여겼다. 해나는 말을 아꼈고 그래서 말이 짧아졌고 결국엔 누구에게도 다정한 말 한마디를 할 수 없었다."

자식의 존재로 인해 자기 삶이 망가졌다고 한탄하는 부모에게 부모의 자격 따위는 없지만, 그렇다고 해나가 마음을 다치지 않는 것은 아니다. 해나는 "누구에게도 다정한 말 한마디를 할 수 없"는 고슴도치 같은 아이로 변모했고, 거의 유일한 말동무인 뱅크시에게도 곁을 내주지 않는다. 해나보다는 살가운 뱅크시 역시 아픔이 있다. 교통사고로 1년 학교를 휴학한 뱅크시는 갑작스럽게 발작이 일어나는 후유증을 앓게 되었다. "나는 자라는 게 너무 두려워. 잘못 자랄 것만 같아서. 우리도 언젠가 꽃도 피우고 열매도 맺을 수 있을까" 하는 불안감도(나중에야 밝혀지지만) 이러한 병세와 관련이 있었다. 그 뒤 급식실에서 쓰러져 허벅지까지 치마가 말려 올라간 뱅크시를 해나는 못 본 척하지 않는다. "해나는 기웃거리는 옆 남학생의 어깨를 거칠게 밀쳐낸 후 재킷을 벗었다. 그리고 쓰러져 있는 뱅크시의 허벅지 위로 던졌다." 뱅크시에게 "난 네 친구가 될 수 없어. 너에 대해 많은 걸 알고 싶지도 않고"라고 겉으로는 차갑게 굴었지만, 뱅크시가 곤경에 처한 순간 해나는 친구다운 행동을 취했다.

그러나 두 사람은 지속적인 우정을 쌓지는 못할 운명이다. 엄마도 아빠도 양육을 포기한 해나는 미국으로 유학을 떠난다. 해나와 뱅크시가 그렸던 그라피티도 "흰색으로 깨끗이 뒤덮인 벽"이 되어버렸다. 홀로 남은 "뱅크시는 페인트 아래 묻힌 테트라 무리를 상상하며 벽을 따라" 걷다 페인트칠이 되어있지 않은 모서리 바깥쪽에 그려진 작은 물고기를 발견한다. 해나가 뱅크시와의 우정을 기념하며 남긴 표식, 왕관을 쓴 물고기였다. 이것은 절망의 기운을 뿜어낸 죽어있는 물고기가 아니었다. 그 물고기는 뱅크시에게 생동감 있게 다가온다. "홀로그램으로 떠오른 물고기는 뱅크시의 눈앞에서 꼼짝도 하지 않았다. 뱅크시는 조심스럽게 손을 뻗었다. 닿았다고 느껴진 순간 손끝에서 생기가 돌았다. 물고기의 꼬리가 팔딱였다." 친구가 된다는 사실을 어색해하던 친구, "자신의 진심 또한 누구에게 상처가 될지도 모른다고 여겼"던 친구의 진심이 가닿은 우정의 효용을 입증하는 대목이다. 비단 아이만이 아니다. 행복한 시절을 같이 보내는 친구 말고, 불행한 시절을 같이 견뎌주는 친구는 어른에게도 절실하다. 친구의 스펙트럼을 아우르면서 강이라는 피상적인 우정 대신 공명하는 우정의 단면을 제시한다.

3. 가족의 스펙트럼

소설을 위시한 대부분의 서사는 가족을 주제화한다. 가족은 우리가 속하는 최초이자 최소 사회 단위이기에 그러하다. '나'는 혼자서 태어날 수 없고, 태어나자마자 가족의 자장 아래 놓인다. 물론 혈연으로만 가족이 구성되지는 않는다. 과거에는 핏줄로 이어진 가족만이 이른바 정상 가족이라는 풍조가 있었고, 지금도 그러한 풍조가 사라지지 않은 것은 아니지만, 이제는 정상 가족 이데올로기에 반기를 드는 목소리가 커지고 있다. 1인 가구 서사와 퀴어 서사의 부상이 대표적이다. 목하 서사는 공동체 담론이 가족 담론을 대체하거나 흡수하는 추세로 점차 전환 중이다. 그러나 여전히 혈연에 기초한 가족에 대한 논의는 중대한 사안이다. 가족 시스템이 현재 진행형으로 작동하는 까닭이다. 강이라도 이번 소설집에서 가족의 스펙트럼에 주목한다. 앞서 연인과 친구의 스펙트럼에 초점을 맞추었으나, 이 소설들 역시 가족의 스펙트럼을 배면에 깔고 있다. 그러는 한편 이를 전면화하는 소설도 있는데, 먼저 검토할 작품은 「우리의 공갈 젖꼭지 나무」이다.

'다정'은 교원 임용시험을 준비하면서 학원강사로 일한다. 동생 '다훈'도 공무원 시험을 치르는 수험생이다. "고시를 준비하고 시험을 치는 1년씩 둘이서 번갈아 쓰고 빠지며 지낸 게 벌써 4년째였다. 곧 시험을 치는 다훈이 내려오면 다정이 학원을 그만두고 다시 서울로 올라가서 바통 터치를 해야 한다. 지금으로선 둘 중 하나만 먼저 합격해도 한시름 덜고 경제적으로도 덜 부담이 될 터였다." 그만큼 다정의 집안 형편이 좋지 않다. 다정의 아버지는 젊은 시절부터 노년에 접어든 지금까지 가난했고, 설상가상 다정의 어머니는 만성이 된 관절염을 앓고 있다. 그러다 보니 고시생 다정은 가족의 생계를 외면할 수 없다. 외적인 조건으로만 보면 이들의 삶은 순탄치 않다. 자본주의 체제 안에서 그의 재산 없음은 사실상 그의 권리 없음과 동의어처럼 쓰인다. 명목상 그러지는 않지만, 인간으로서 존엄할 권리는 그가 소유한 재산에 비례하는 경우가 실제로 많다.

한데 주변 여건이 좋지 않아도 다정의 식구들이 불행하게 보이지는 않는다. 본인이 본인을 비루하게 여기지 않기 때문이리라. "다정은 어려서 아버지의 성실과 긍정이 비천하고 남루한 삶을 숨기기 위한 보호색이 아닐까 생각한 적도 있었지만 아버지는 태생이 그런 사람이었다. 콩 하나에 감사할 줄 아는 사람이었다. 아버지란 자리를 성직으로 여기며 사는 사람이 어찌 비천할 수 있겠는가." 다정의 어머니도 비슷하다. 부부로 지내는 동안 그녀는 남편을 못마땅하게 여긴 적이 없었다. 자녀들에게도 따뜻하다. "우리 다정이. 우리 다훈이. 부모님의 입에서 나오는 우리라는 말은 한 울타리처럼 언제나 보드랍고 따뜻했다. 언젠가 부모님께 그 이유를 물은 적이 있었다. 다른 집은 애들이 크고 나면 그렇게 안 부르는데 왜 아빠 엄마는 우리가 다 크도록 그렇게 부르냐고. 엄마와 아빠한테 우리라는 말은 사랑이야. 우리 다정이는 사랑하는 다정이야. 우리 다훈이는 사랑하는 다훈이고. 엄마와 아빠는 가난해서 너희 둘에게 줄 게 많이 없어. 사랑하는 마음밖에. 미안하면서도 감사하고 대견하면서도 든든한 말이야, 우리는." 「스노볼」, 「물고기 그라피티」와는 사뭇 대조적인 부모의 모습이다.

부모의 선량함을 다정과 다훈도 고스란히 물려받는다. 학원 수강생인 '한솔'을 남매는 "우리 한솔이"라고 부른다. 별것 아닌 것처럼 들리는 호칭일 수 있겠으나, 우등생인 형과 비교당해 위축되어 있던 한솔에게 "어떤 대상이 자기와 친밀한 관계임을 나타낼 때 쓰는"(표준국어대사전) '우리'는 커다란 위안을 준다. 그래서 한솔이 다정을 대신해 담배를 피웠다는 누명을 쓴 것이리라. 이후 이들은 "실패하고 탈락해본 사람들"의 느슨한 공동체를 형성한다. 이는 안내견 시험에 떨어진 〈꽁보리네 보리〉 유튜브, 그리고 그를 응원하는 구독자들의 모임과도 연관된다. 무언가에 실패하고 탈락해본 사람들은, 그리하여 자신들이 결코 인생의 실패자나 최종 탈락자가 아님을 인지하게 된다. 이와 같은 전개에서 다정과 다훈 친남매 관계에 한솔이 막냇동생 격으로 편입되는 양상도 보인다. 혈연 가족은 이렇게 정서의 공동체로 진화한다.

소설 제목은 “북유럽에서는 아이들이 어느 정도 자라면 쓰던 공갈 젖꼭지를 나무에 직접 매달며 유아 시절에 대한 작별을 고하는 의식을 치른다. 그 나무의 이름이 공갈 젖꼭지 나무”라는 데서 따왔다. 연년생으로 자라 모유를 충분히 먹지 못한 다정의 애착물이었던 공갈 젖꼭지를 그녀가 어떻게 상징적인 제의로 뗄 것인가가 소설의 명시적인 착안점이다. “공갈 젖꼭지를 나무에 매달며 ‘Say good-bye’로 작별을 고하던 아이는 늦되지 않게 잘 자라고 있을까. 그 아이는 어쩌면 다정, 자신일지도 몰랐다. 다 커서까지도 엄마 젖가슴을 더듬는 자신이 공갈 젖꼭지를 찾아 그 나무에 걸어준다면 자신 또한 더 이상 늦되지 않고 나아갈 수 있을까.” 하지만 위에 기술한 바에 따르면 이 작품은 다정의 단독적인 성장담으로만 국한시킬 수 없다. 그녀는 혈연 가족에 더하여 한솔 등과 함께 정서의 공동체를 이루어내는 방법으로 공갈 젖꼭지를 나무에 매달았기 때문이다.

그렇지만 혈연 가족 간 이해와 오해의 교차성을 들여다보는 작업이 덜 중요한 것은 아니다. 「버지니아 동굴로」에서 ‘나’는

1989년 미국 이민을 떠난 외삼촌 가족을 보러 간다. 전후 사정은 다음 인용문에 나타나 있다. "외삼촌은 작년에 위암 수술을 받은 후 쉬는 중이었다. 외삼촌 가족은 수술비를 마련하기 위해 세탁소와 어렵게 장만한 이층집을 팔았다. 미국 의료 시스템에 대해 전혀 몰랐던 한국의 형제들은 수술에 큰돈이 들어갔다는 말을 듣고도 반신반의했다. 수술은 무사히 잘 끝났지만 작은 임대 아파트로 옮겼다는 소식을 듣고서야 다시 걱정이 배가된 엄마의 선동으로, 형제들은 그동안 모아둔 형제 곗돈을 털어 내게 들려 보냈는데 직접 가서 사정과 형편을 알아보라는 것이었다. 사진으로 보았던 전형적인 미국의 이층집과 생계의 축이었던 세탁소는 정말 처분된 상태였고 외삼촌은 수술 후 요양 중임에도 여전히 많이 야윈 상태였으며 외국살이의 큰 파도를 타고 넘으며 얻은 긴 피로까지 겹쳐 몹시 고단해 보였다."

외삼촌 가족은 아메리칸드림을 이룬 듯했으나 지금은 그것이 꿈처럼 흩어지는 나날을 보내는 중이었다. 이러는 가운데 외삼촌과 외숙모는 '나'와 같이 버지니아 동굴로 향한다. 고향에 있는 동굴과 비슷한 동굴이라는 이유 때문이었다. 하지만 그곳으로 가는 여정은 중단된다. 장남으로서의 책임을 어떻게든 다하려 했으나 그러지 못했다는 부채감이 어머니의 임종을 지키지 못했다는 죄의식과 겹쳐 외삼촌을 사로잡았기 때문이다. 형제들은 "우리는 이해합니다"라고 그의 부담감을 덜어주려고 했으나, 가족을 건사하려고 평생을 애쓰다 지금은 병든 육신만 남은 외삼촌의 심정을 진짜 이해할 수 있던 사람은 없으리라. 그에 대하여 '나'는 이렇게 쓴다. "나는 보았다. 동굴에서 길을 잃은 채 어린 두 여동생의 손을 꼭 잡고 선 아이를. 우는 동생들 사이에서 제 울음을 삼키며 두려움에 떨었던 한 소년을. 어머니의 부고에 침묵으로 대답할 수밖에 없어 홀로 고독했던 타국의 한 사람을. 누군가를 이해한다는 게 무엇인지, 이제야 나는 어렴풋이 안다. 그러므로 아무 말도 하지 않는다. 그것은 내 몫이 아니기 때문이다."

그렇다면 남는 질문은 이것이다. 이해가 오해의 다른 이름에 불과하다면, 이해가 영영 불가능한 것이라면, 이해는 누구의 몫으로 남겨지는가 하는 것이다. 이해할 수 없으므로 포기해야 한다는 결론은 너무 손쉽다. 그럼에도 불구하고 타인을 이해하려는 노력을 어떻게 하면 멈추지 않을 수 있는가를 「우리 둘이 손잡고」로 이야기해볼 수 있다. 이 작품에는 쌍둥이 자매 '선'과 '원'이 나온다. 못이 메워진다는 노모의 전언을 듣고 이들은 고향에 내려간다. 여정이 원만하지는 않다. 선은 원에 대한 열등감에 휩싸여있고, 이러한 선의 신경을 원이 긁는 탓이다. 쌍둥이로 태어났는데 원의 가정은 상대적으로 근심이 없고, 자신의 가정은 온갖 풍파에 시달리는 상황에 선은 한숨만 나온다. 그런데 몇몇 문장이 독자의 위화감을 불러일으킨다. 예시로 "노모는 요즘 들어 부쩍 선의 입에서 원의 이름만 나와도 이내 신산한 얼굴이 되어 한숨부터 쉬었다"라든가, "선은 몇 걸음 뒤에서 따라 걸으며 원의 붉은 힐이 내딛는 자리를 눈으로 좇았다. 흙 위에는 지나간 흔적이 없었다"라는 문장 등을 거론할 수 있다.

마침내 결말에서 밝혀지지만 원은 오래전 세상을 떠났다. 선은 스스로 빚어낸 환상 속에서 죽은 원을 살아있는 사람처럼 간주하고 있던 것이다. 과거에 못에 빠져 사망한 원을 구하지 못했다는 자책을 거듭하며 선은 "못에 빠진 사람이 원이 아니라 나였다면…… 내가 죽고 원이 살았다면, 원이는…… 잘 살았을 거야. 지금 나처럼 살지는 않았을 거야. 우린 다른 운을 가졌으니까, 그래서 나는 결코 원이처럼 될 수 없는 거예요. 원이가 다 가져가 버렸으니까"라고 토로한다. 끝까지 원을 떠나보내지 못하는 선에 대하여 정신병리학적 분석을 시도할 수 있겠으나, 이보다 중점에 두어야 하는 요소는 망자에 대한 이해의 몫을 그녀가 타인에게 전가하지 않는다는 것이다. 이에 대하여 혹자는 불능이 되어버린 애도라고 지칭할지도 모른다. 그러나 선의 애도는 완료될 수 없는 이해의 속성, 가족이면서 타인인 존재를 끝내 자기화하는 이해의 지난함을 예증한다. 이것이 강이라가 펼

쳐내는 가족의 스펙트럼에 내포된 그 일부 내용이다.

*

서두에 강이라가 낸 첫 번째 소설집을 두고 상처와 결부되는 고통과 슬픔의 감정, 이를 감내하는 과정과 거기에 얼핏 비치는 회복의 기미를 병치혼합된 점묘화처럼 그려낸다고 설명한 바 있다. 그녀의 두 번째 소설집은 그러한 기조를 이어 나가되 연인, 친구, 가족의 스펙트럼으로 세 가지의 얽힘을 전경화한다. 강이라의 시선은 넓다. 더불어 그녀는 상처 입은 사람들의 심연과 이들이 치유에 이르는 과정을 깊은 호흡에 실어낸다. 인간에 관한 탐구와 인생에 대한 예의를 갖춘 신뢰할 만한 작품을 쓰는 소설가 명단에 강이라의 이름이 더해져도 이의를 표할 독자는 없을 듯하다. 물론 그녀가 넘어서야 할 과제도 적지 않다. 작가가 존경을 표하는 온다 리쿠의 뛰어난 가독성과 날카로운 문제의식을 결합하는 솜씨에 견주면 더욱 단련이 요구된다. 하지만 해낼 것 같다. 소설을 요가와 같은 수련으로 여기고 몰두하는 한, 강이라는 굳건하되 유연한 문체로 작품을 써나갈 것이다. 자부하건대 이러한 류의 예감을 나는 틀리지 않는다.

도서출판 득수 득수소설

웰컴, 문래

1판 1쇄 2023년 3월 31일

지은이 **강이라**
펴낸이 **김 강**
편집 · 디자인 **제일커뮤니티** 054 • 282 • 6852
인쇄 · 제책 **천우원색인쇄사**
펴낸 곳 **도서출판 득수**
출판등록 2022년 4월 8일 제2022-000005호
주소 경북 포항시 북구 장량로 174번길 6-15 1층
전자우편 2022dsbook@naver.com
ISBN 979-11-979610-4-5

값 15,000원